마음자리

마 음 자 리

김길웅의 제7수필집

졍출판

허공에 쓰는 글

내 수필에,

지나는 바람 한 줴기 불러 앉히고 싶지만 오지 않는다.

고운 꽃이라고 향기가 아니므로 색에 탐착 않는다.

대상물에 매달리지만 겉을 힐끗 쳐다볼 뿐 속정에 귀 대거나 그것의 속살을 만지지 못한다.

그때 첫 대면, 애진작의 조바심이나 설렘 따위가 사라진 건 터무니없지만 내게서 떠난 걸 어찌하랴.

허구한 날, 길을 나서지만 내 길엔 풀이 없어 황량하다.

남들이 지난 길을 따라 걸었을 뿐 오롯이 내 자국을 제대로 남기지 못했으니, 눈앞에 걸어 놓고 나부낄 아무것도 없다.

밤새 뒤척이다 맞는 아침이 있어 동창 열고 파닥이는 햇살을 책상 머리로 끌어들인다.

다시 쪼르르 달려오는 말쑥이도 초롱초롱한 말들, 그것들에게서 차마 눈을 떼지 못한다.

이 고운 햇살.

2018. 7.
마당 돌 탁자에 앉아
東甫 김길웅

차례

1.

군무群舞

아득한 시절, 억겁 전생의 하늘을 날았을 것이다. 날개 퍼덕이며 저렇게 무리 지었을까. 내려앉을 듯 그러나 시종 가마득히 땅을 거부하고 오로지 하늘을 흐르던 넉넉한 춤사위.

시간 속을 굽이쳐 온 고단한 날개 쉬려 했을까. 하늘만을 우러르다 일제히 땅을 굽어보는 저 해맑은 눈길들.

가장 높이 나는 새, 가장 멀리 나는 새, 등에 신선을 태우고 하늘을 날던 선학仙鶴 스물여섯 마리 이제 땅을 향해 날개를 접으려는가.

아래로 내리려 눈 하나 딴 데로 돌리지 않았다. 맨 앞에서 운명을 이끌어 온 족장族長이 나머지 스물다섯 가족들을 거느리고 있다. 우아한데 장엄하여라. 한 치 흐트러짐이 없는 응시, 하나의 숨결로 오는 동행의 유대가 만들어 내는 질서가 선율로 흐르는 눈부신 날갯짓이다.

오래 날면 이르게 되는가. 이제 하늘만큼 넓고 깊은 하심河心에 내리는 순간부터 하심下心 하려는지도 모른다. 하늘을 떠나 아래도 아래로 키 작은 풀의 높이, 너울거리는 망초도 말고 납작 땅에 엎더 앉는 질경이쯤으로 몸을 낮게, 아주 낮게 놓으려는 마음 자락인 양 하다.

날개 위로 지나던 한 점의 바람 머무른다. 신선을 태웠던 선연仙緣의 큰 날개로 이제 작은 산 둘레를 몇 바퀴 선회할 것이다. 그리고 이어질 착지. 가장 아늑한 데를 골라 날개의 노고를 접고 몸을 놓을 것이다.

막중한 인연이다.

난 중의 난—한란에 기울었더니, 스무 해 만에 개화를 보았다. 분하나에 꽃대 셋을 뽑아 올려 꽃이 아홉, 이홉, 여덟. 합이 스물여섯이다. 망울망울 신비롭다. 이 고운 민낯으로 늦가을 여린 볕이 들고 소슬바람도 창틈으로 기웃거린다.

그들은 하늘을 떠나 또 한 세상을 얻었다. 한 달 남짓 뭉그적대며 아린을 열고 스르르 배냇저고리를 벗던 날, 전생을 마감하고 현생으로 태어났다. 스물여섯 송이, 세상을 품으려는 듯 아래를 굽어보고 있었다.

저들이 피어남으로 나도 하심河心에 이른다. 하심下心에 머물려 한다. 너를 대하는 것뿐으로 네게 나 모두를 주고 싶다. (2016)

푸른 비

연 이틀째.

비가 뿌리면서 하늘이 내려앉아 둔중하고 거무레한데, 왜일까, 깔축없이 정신은 맑다.

직박구리 한 쌍이 젖은 날갯죽지를 털며 찍찍거린다. 엊그제 마당에 와 울던 휘파람새도 까치도 참새도 한 마리 뜨지 않는다. 비를 긋느라 숲에 깊이 들었을까. 녀석들만 마당가 전선에 앉았다. 노상 보는 제 얼굴 몰라볼까 봐 소리 내어 우는지, 캥캥 마른 파찰음을 내던 녀석들 비를 맞더니 소리도 촉촉하게 눅었다. 저희만 소통하는 음성 기호의 조합으로 뭐라 뭐라 지껄이다 이내 종적을 감춘다. 그래야지, 지친 날개 어서 쉬어야지. 연일 내리는 비에 고단한 몸 뉘려 어느 숲가를 찾았을 테다. 내게 안 보일 뿐 길이 있을 것이다.

5월 하순.

현관 문설주에 기댔다. 푸름이 지천이다. 초록 물감을 쏟아 부은 작은 정원을 눈으로 어루만진다. 이마적은 계절의 완충지대를 지나는 간이역, 상록수와 낙엽수의 구분이 사라진다. 잎을 내려놓고 발가벗었던 나무들이 연둣빛으로 갈아입으며, 무르익은 봄이 어느 나라 카니발 행렬처럼 흥청망청 흔들어댄다.

계절의 경계를 허문 나무와 풀들이 풍성한 신록의 한때를 질리게 포획하며 심록으로 성장해 여름으로 진입한다. 그들 생의 절정을 향한 줄달음에 등 떼미는 해와 이슬과 비와 바람의 우주적 협동이 이끌어 가는 초자연의 질서에 경탄케 되는 이맘때의 저 조화로움과 감미한 낭만과 신비로움….

계절이 지난다.

입하 소만 망종으로 이어지는 계절의 교차로 위로 부슬부슬 비가 뿌린다. 푸른 계절에 내리는 푸른 비다. 4월부터 내리 두 달을 가로질러 나흘이 멀다고 내리는데도 싫지 않은 것은 분명 이상한 일에 속한다. 요람에 잠든 아기 깰라 먼 길 오며 신발 끄는 소리 숨죽였나. 바람결에 소매 스치는 기척마저 없다. 후~ 불면 꺼질 듯, 지워질 듯 살금살금 내린다. 분위기를 타는지 바람도 잠들어 하늘거리는 이파리 하나, 미동도 없다. 무풍한 날 내리는 비에 세안한 정원이 눈 시리게 푸른 날.

이어지는 비.

이틀째 비가 뿌린다. 언제 어떤 손이 저토록 가늘고 길게 공들여 내리는 비를 마련했을꼬. 가느다란 빗줄기, 무수한 실선이 허공으로 쉴 새 없이 내려 우듬지에 닿는 순간 점선으로 해체한다. 초목군생 안엔 이미 신이 깃들어 있었을까. 생명으로 눈 뜨는 순간부터 일찌감치 그 손길이 거대한 거즈로 감쌌을지도 모른다. 겨울의 설한을 견뎌낸 나무와 풀과 꽃에게 내리는 비다. 그들의 초월적 인내와 오랜 기다림에 대한 보상으로 내리는 자연의 은택이다, 위문이다. 신의 꼼꼼

한 배려의 마음이 뿌리는 자상한 손길이고 온정이다.

어느새 빗줄기가 굵어졌다. 조금 전엔 볼펜이 죽죽 그어 내린 것같이 가물거리던 실선이더니, 지금은 사인펜으로 내리그은 것처럼 또렷이 줄을 그어댄다. 가늘다 굵었다, 희미하다 선명하다, 강약 농담이 자별해 정겹다.

민감하게 반응하는 몸.

우산 없이 빗속으로 들어선다. 푸른 비가 스멀스멀 내 안으로 스며들기 시작한다. 꽁꽁 닫았던 오관이 빗장을 풀며 깨어나고, 잠들었던 의식이 눈 비비며 빗속으로 나않는다. 간밤, 산모롱이를 감아 도는 건천에 웬만큼 물이 불었을까. 홀연 몸속으로 소리, 소리치며 흐르는 개울물 한 줄기.

비를 맞으려 정원으로 내려선다. 내 이 한만한 웬 방임인지. 눈앞으로 흐르는 계절을 모르고 지냈으니. 앞마당에 감꽃이 피고지고, 남쪽 울안 모과와 보리밥나무가 열매를 달았는데. 그리고 파란 보료를 펼쳐 놓은 잔디마당의 한때 지독히 앓아 온 저 계절 감옹….

깨어나 푸르다.

나는 혼곤히 잠들어 있었구나. 이제야 푸른 비에 깨어났구나.

이제 이 비 맞고 나도 푸르고 싶다. 푸른 생각으로 푸른 날들을 맞이하고 싶고, 눈앞의 세상을 끌어안아 5월의 정원만큼만 푸르고 싶다.

나를 바라본다.

가진 것이 없다 하나 마음까지 가난하란 법은 없다. 결핍이 마음의 밑동을 흔들 수는 없지 않으냐. 사람들은 오는 것에 흔들리고 가는 것에 더 흔들린다. 오고 감을 넘어서는 경지에 오르면 흔들림 없이 늘 고요하고 안온하다. 평화롭다. 정원의 나무와 풀이 빗속에 더욱 푸르다. 단지 비를 맞아서가 아니다. 이미 속살이 푸르렀다. 푸를 수 있어 푸른 것이다.

나도 한때 꼿꼿이 내 생의 핵심을 세우려 이름 걸고 근근득신 애쓴 적이 있었다. 이제 다 내려놓고자 한다. 내려놓으면 나도 얼마만큼은 푸를까. 이제 더 가지려 욕심 내지 않겠으며, 하지 않던 일은 새로 시작하려 하지 않을 테다. 더 오르려 않고 내려오되 설 자리를 찾아 내릴 것이다.

내 수필, 내 시가 좀 더 열렬해지고 싶다. 나를 버리고, 나를 떠나 그것들에 아주 기울고 싶다. 낙엽수처럼 발가벗고 싶다. 그러는 한때만 내 몸이 쇠락의 속도를 느슨하게 하기를, 정신이 혼미에 드는 일이 없기를….

그래도 머리에 이고 있는 하늘.

정수리에 방울방울 내린 빗물이 줄기를 이뤄 발 아래로 흘러내린다. 이 웬 신명인가. 푸른 비 그치면 우러를 하늘이 열릴 것이라. (2016)

겨울 뜰 소요

　겨울이 가파르다 숨을 고른다.

　며칠 강풍이 몰아치고 뒤끝 스산하더니 오늘은 바람 자고 여린 볕에 등 따습다. 겨울이 시종 춥기만 한 건 아니다. 불규칙해졌다 하나 냉온과 한란을 오가는 습성은 버리지 못한다. 오늘은 잠시 봄날 같으니 성에 차다.

　덧옷 하나 걸치고 뜰로 나선다.

　하오로 기울며 늘어진 나무들 그림자가 길다. 목을 빼고 보니 울 너머로 성큼 앞산 그늘이 내리고 있다. 겨울 해가 노루꼬리만큼씩 짧아지며 2월 한 달이 눈 깜빡할 새 지날 것이다. 무심코 달력으로 넘기는 시간을 한 켜씩 쟁이며, 세월이 흘러간 궤적이 먼빛으로 언뜻언뜻 보이는 이즈음이다. 생각이 이쯤에 이르면, 의식이 중심을 놓고 흘러 가뭇없이 지워진 시간의 뒤가 사뭇 허망하다.

　시간이란 스치는 걸 느낄 뿐, 보이거나 만져지지 않는다. 눈 치뜨고 손 내밀어도 허방만 짚고 있다. 시간의 빠름을 '쏜 살 같다' 한 것은 실감 나는 탁월한 비유다.

　오늘, 연일 바람에 휘청대던 산동네가 고자누룩하다.

　뜰의 나무들도 기지개를 켜며 숨을 고른다고 여념이 없다. 겨울을 나느라 신산해 할 말이 없지 않을 텐데도 시종 침묵이니, 데면데면해 나도 바라보며 눈만 껌뻑거린다. 녀석들 근기가 올차 실존으로 적나라하다. 겨울의 복판에 서서 춥다는 푸념 한마디 없다. 누구의 말로 견인주의자의 참을성에 도인의 덕이다.

낙엽수에 눈이 오래 머무른다. 발가벗고도 표정이며 맵시 하나 흐트러짐이 없다. 엄동이라는 극한의 추위, 그것과의 이격離隔이 어떻게 가능한 것인지 간절히 묻고 있는데도, 나무는 묵묵부답이다.

동창에 만개한 수백 송이 백매, 갓 겨울 산에서 옮겨 놓은 상고대 같다. 추위 속에 향이 맵다. 향이 짙어 매실이 신산할 것이다. 뜰 모퉁이에 천리향이 망울 터뜨린다고 수선스럽다. 매화에 못잖은 향이 한동안 추위를 잊게 해 주려니. 겨울의 빈한한 뜰에 이들 꽃이며 향은 내게 큰 위안이다.

비록 가진 게 없으나 구시렁거릴 건 아니다. 할 만큼 하고 때가 돼 일에서 물러났으니 무얼 더 바라랴. 먹고 살고 있으니 결핍이 아니다. 힘겨워도 삼시세끼에 만족하며 읽고 쓰고 있으니 된 것이다.

남쪽 울 너머에 아파트가 들어선다고 난장이다. 덤불숲이 삽시에 사라지더니 암반을 파고 쪼는 굉음이 인내할 수 있는 데시빌을 넘어선다. 새 한 마리 얼씬거리지 않더니 오랜만에 감나무 빈 가지가 하늘거린다. 으레 그러려니 했는데 바람의 짓이 아니었다. 멧새 한 쌍이 가지 끝을 오르내린다. 반갑다. 금세 자리를 뜰 것이나 또 오리라. 늘 떼 지어 동행으로 뜰에 내리던 참새가 그립다. 어릴 적부터 저들의 요설에 귀 기울이며 침묵의 무게를 익히곤 했는데… 까치도 직박

구리도 발길을 끊었다. 정겹던 자연이 싹둑 잘려나가 빈자리가 공허하다.

하지만 요즘 심신이 편하다. 도시를 떠나 읍내에 둥지를 튼 건 잘한 일이다. 나들이할 때면 버스를 탄다. 추운 날은 더운 김을 뿜어 차 안이 후끈거린다. 늘어지게 앉아 낯선 동네라도 돌고 싶은 충동이 인다. 좋은 세상을 살고 있다.

국정농단에 따른 대통령 탄핵이라는 일련의 사태로 나라가 요동친다. 답답한 일이나 분명 끝은 있다. 사람을 잘 뽑는 일이 절박한 과제로 떠올랐다. 한 치 앞을 절망이 막아선 것 같아도 그 끝은 희망이다.

나는 신문에 칼럼을 쓰며 이웃과 나라와 시대를 호흡한다. 칼럼은 내가 세상으로 나가는 출구이면서, 끌렀던 짐을 싸들고 돌아오는 퇴로이기도 하다. 집에 눌러앉아 있어도 창을 닫지 않고 사는 방식이다.

다리가 휘주근하다. 나를 무의식 속에 놓아 꽤 거닐었던 것 같다. 남쪽 마당귀 돌 탁자에 앉는다. 뜰을 소요하다 막판에 이르러 몸을 의탁하는 곳이다. 썰렁하다. 찬 기운이 온몸으로 퍼져 정신이 소스라쳐 깨어난다.

무슨 일에 이골이 나면 곧 버릇으로 밴다. 내 글 대부분이 이곳서 꼬투리를 까기 시작한다. 사유의 실마리를 풀어내는 친숙한 공간이다. 작은 뜰이긴 하나 이만한 터수가 있어 내가 '나'로 존재하는 건 아닌지 모른다. 몸이 걷고 있고 머리가 생각을 놓지 않으니 된 것이다.

뜰을 휘둘러본다. 나무와 돌들의 조합, 빽빽한 듯 묶다 풀어내는 느슨한 이완이 한가롭다. 늘어진 듯 안으로 죄어드는 역동감이 잔잔히 흐르다 마음을 알맞게 좋아 주는 곳, 내 작은 우주로 앉았다. 크지는 않아도 이만한 공간이 있어 내가 여기 머무른다.

이맘때 뜰을 거니노라면, 눈앞에 가물거리는 웬 기운들, 면빛으로 오는 해토머리, 생명이 깨어나는 기척들이다. 막 깨어나 눈을 빛내는 영혼과 조우하는 순간, 내 의식의 그 뒤가 더할 수 없이 맑다.

겨울의 뜰에 서면, 그 내부로부터의 부피와 살결이 만져진다. 머릿속을 스치는 생각 하나 받아쓰기할 양이면 한 달음에 가 책상머리에 턱 괴고 앉는다. 언제부터인가 이 뜰이 내 글쓰기를 거들어 나선다. 이곳을 소요하노라면 원심을 나돌던 상념이 구심을 향해 뒷짐 지고 내려선다.

오늘도 거닐며 싸고돌았더니, 다리가 노작지근해 온다. 산그늘이 울을 넘으려 한다. 안으로 들 시간이다. (2017)

빛과 소리

빛과 소리는 파동이다. 공간적으로 퍼져 나가는 진동이다. 이것은 그것들의 물리적 현상일 뿐 흐르며 일으키는 정서적 파장은 전혀 고려되지 않았다.

빛은 어둠을 지운다. 빛이 없다는 것은 보이지 않는 것이다. 암흑은 고립이고 격절이다. 소리는 말의 수단이다. 소리가 없다는 것은 언어가 없다는 것으로, 그 뒤는 단절이다. 소리 뒤로 소통의 통로가 닫혀 버린다.

뇌는 현란한 빛이나 소란스러운 소리를 꺼린다. 조용하고 어두울 때는 각성에 들지 않아 잠들기 편한데, 눈부신 빛이 들거나 시끄러운 곳에서는 의식이 깨어 버려 잠들 수가 없다. 나이트클럽에 들어가면 자정이든 새벽 한두 시가 넘어도 잠이 오지 않다 그곳을 빠져나오면 이내 잠이 온다. 빛과 소리는 뇌를 흥분시키므로 잠이 안 오는 것이다.

빛과 소리는 심신을 정화시킨다. 빛의 속성은 진동이므로 그것은 이를테면 음악소리와 크게 다르지 않다. 마음먹는 방법에 따라 젊어지고 마음이 편하고 행복감이 들게도 한다.

마음을 법계法界에 두고 그냥 편히, 거리낌 없이, 무심히 그렇게 바라보기만 하라는 것이다. 그것이 곧 멍 때린다고 말하는 그런 상태다. 다른 말로 천사의식, 한 순간의 입정入定, 화살기도다.

사람이 누리는 복 중에 빛과 소리에 더한 것이 없다. 눈으로 보고 귀로 듣는 것, 보고 느끼고 만지고 들어 앍은 사물의 실체를 직접 만나고 겪는 일과 다르지 않기 때문이다. 빛과 소리는 체험의 범위 속에서 사람을 충만하게 한다. 그것은 존재감으로 구체화한다.

시각장애인이나 청각장애인에게서 놀라는 것은 안 보이고 안 들려도 평상심을 잃지 않는 그 편안한 표정이다. 신문 활자 크기를 탓하고 거리의 경적과 낡은 악기 소리와 무엇이 깨어지는 파열음 앞에 당혹해 하는 나는 그런 그들 앞에 고개 숙일 수밖에 없다. 칠흑 같은 완벽한 어둠 속에서 그들은 무엇을 보는가. 숨 막힐 것 같은 적막 속에서 그들은 무엇을 듣는가.

이 세상의 소리 가운데 나를 외경하게 하는 게 시각장애인과 청각장애인이 건반을 장악해 짜듯 자아내는 피아노 소리다. 그들의 음악은 이미 사람을 떠나 있지 않은가. 안 보여도 들리므로 소리를 낼 것이고, 안 들려도 심이心耳로 들으니 잃어버린 소리를 자신의 소리로 얻을 것이다.

한 청각장애인이 소리 없는 영화를 만든다고 한다. 디렉터로서 옛날의 무성영화하고는 전혀 다른 영역을 얘기하고 있었다. 전에 없던 것이라 영화 용어도 대사도 인물 간의 적당한 수어도 마땅치 않을 것이란 말을 했다. 하나에서 열까지 다 들어 본 적 없는 낯선 말이다.

어떻게 그게 가능할까. 그가, 또 영화에 참여하는 이들이 전혀 들어 보지 못한 소리의 창조는 과연 되는 것이며, 또 얼마나 가능할 것이고 어디까지 소리 없는 소리에 가 닿을 것인지. 점심 몇 술 뜨다 숟가락이 한동안 그냥 허공에 뜬 채 있었다. 경험하지 못한 소리가 그에게 뚝뚝 낙숫물 소리만하게라로 떨어지기를 바라며 가슴 먹먹해 왔다.

그는 배우들을 모아 놓고 수어로 소통한다. 언어 이전에 원초의 저런 언어가 있었을지도 모른다. 웃고 행위하고 눈빛과 짓의, 온몸으로 하는 부자유를 자유롭게 하는 진한 언어였다. 깜짝 놀랐다. 그리고 깨달았다.

'저들이 바라보는 세상에 소리는 의미가 없다.' 그러나 그들에게 소리는 있다. 엄존했다.

문득 운보 김기창 화백, 청각장애를 이겨 낸 천재화가가 떠오른다. 여덟 살 때 장티푸스로 인한 고열로 청각을 상실하면서 말을 잃어버린 그. 그는 소리를 잃어 그림을 얻었을까.

그의 화풍畵風 중 주목할 게 있다. '소리로 잃어버린 침묵의 세계에 갇힌 자신의 아픔을 그림으로 '노래한' 대표작 〈악사〉. 그 밑바닥에 흐르는 '소리 없는 소리', 비단에 채색으로 그린, 인간적 아픔과 농아의 고뇌를 표현한 작품이다.

운보가 쓸쓸히 웃으면서 말했다 한다.

"공기가 흐르고 바람이 불고…. 그런 걸 느낄 수 있어…. 악사를 그릴 땐 풍악까지 들리는 것 같아."

그의 말 속에 소리에 대한 그리움이 짙게 배어 나온다.

그에게 여덟 살의 소리는 지워지고 없었다. 무화無化했다. 그렇지만 그게 가능했을 것 아닌가. 기억 속의 빛, 그 풋풋한 여덟 살의 빛. 강렬한 빛을 소리로 치환했을 것 아닌가. 그에게 빛은 소리다. 그래서 스스로 소리를 얻었다. '악사'가 내는 풍악의 소리, 그는 화가로 풍악장이 소리꾼 악사가 됐다. (2017)

햇빛과 바람 속에서

길사에 받은 분에서 난을 파내어 땅에 심었다. 양란 종류로 보일 뿐 확실하지는 않은데, 강할 것이란 믿음이 있었다. 큰 돌이 맞물린 틈서리에 심어 놓으니 돌과도 조화롭다. 두세 해가 지나자 놀랍게 번성하기 시작한다. 촉을 수십 개로 불리면서 기세등등하다. 날렵한 잎사귀가 무성한 건 또 하나의 볼거리가 됐으니 의외의 성과를 얻은 셈이다.

연둣빛이던 난이 심록의 빛으로 짙어져 훨씬 건강해 보인다. 좁은 난실 구석진 곳에 있다 넓은 마당가로 옮겼으니 팔다리 내저으며 활개 칠 만도 하다. 더욱이 햇빛과 바람 속으로 돌아갔으니까 살맛이 났을 것이다.

꽃 세상을 열었다. 분에서 고작 꽃대 하나 올려 댓 송이 피우더니 여기저기서 꽃을 피워 어림짐작으로 쉰 송이도 넘을 듯하다. 꽃은 식물의 본능이다. 이왕이면 많이 피우려 할 것이다. 작은 화분에서 나왔으므로 가능했던 생의 실현인 셈이다.

성취를 유독 사람 쪽으로 쏠리는 건 편견이다. 어떤 것이든 성취는 눈부시다. 말 못하는 생명일 때는 더욱 가슴 뭉클하다. 철이 지나고 해가 바뀌면서 저를 향한 애정도 더 도타워 갔다. 내가 저를 위해 잘

해 주었던 것은 단 하나. 가물에 아침저녁 물을 준 것뿐이었다. 애초에 나머지는 제 깜냥이 해낼 것이란 믿음이 있었다.

화분에서 땅으로 옮긴 것은 단순한 자리바꿈을 넘어 한 생명이 번영을 누릴 수 있는 전환점이 됐다. 그것도 그런 삶의 극한에서. 팔자를 고친 것이다.

노경에 들면서 몸이 말썽이다. 건강에 적신호가 켜진 지 오래다. 쑤시고 아리고 저리고 아프다. 한때 엉치등뼈에 통증이 와 고생했다. 아플수록 걷자고 이를 악물었더니 몸이 알아차렸던지 고통에서 내려놓아 주었다. 눈물겨웠다.

비단 그뿐이랴. 그런 데가 한두 군데라야지. 팔다리다 등허리다 무릎이다, 병원엘 간다면 보나마나 과목이 정형외과다. 내 상식으로도 빤해 보여 아예 병원을 찾지 않는다. 의사의 입에서 나올 말이 딱 하나다. "퇴행성입니다." 그럴 거라서.

누가 노후 몸 관리를 얘기하는 자리에서 '연식'이 다돼서라 했다. 언뜻 뜻이 와 닿지 않아 주춤하다 사람을 노후 차량에 빗대는 걸 알아챘다. 처음 듣는 말이지만 실감이 났다. 순간, 눈앞에 떠올랐다. 도로에서 매연을 뿜어대 지나는 행인들이 낯을 찌푸리게 하는 낡은 차, 녹슬고 구멍 숭숭 난 그 차.

차도 연식이 오래되면 달달거리며 달리다 서 버린다. 도로상에서 위험천만한 일이다. 낡은 차는 폐차 처분해야 마땅하다.

누구나 오래 살고 싶어 한다. 연식이 다돼 갈수록 더욱 수명에 집착하게 되는 건 아닐까. 약을 달고 사는가 하면 몸에 좋다는 보약이며 영양식을 섭취한다. 몸에 좋다니 운동도 한다. 30도 넘는 이른 아침에 조깅하는 사람도 있고, 산에 올라 나무를 얼싸안고 몸을 부딪는 모습도 본다. 생에 대한 애착이 큰 것이다.

나도 오래 살고 싶다. 걷기운동에서 답을 찾는 중이다. 그래서 거의 매일 부지런히 걷는다. 올여름 같은 폭염엔 아침 다섯 시를 걷는 시간으로 정하고 잔디마당 둘레를 돌았다. 한낮에 나가면 힘드니 서늘한 시간에 집 안으로 범위를 잡아 놓은 것이다. 아침운동 뒤가 무척 지치다. 샤워하고 한잠 자고 있다. 여름내 반복하다 보니 슬며시 습관으로 자리매김해 간다. 나쁜 것 같지 않아 받아들이기로 했다. 몸과 마음을 한가로이 하니 좋은 것 같다.

내게 허여된 시간이 얼마쯤일지 알 수 없는 일이다. 아흔은 아득하고 그에 몇 년을 덜 채워도 좋은 것이 아닌가 한다. 이왕 가능할 것이면, 지금 고1인 손녀가 결혼해 아이 낳으면 증손, 배냇저고리에 싸인 그 아이를 안아 볼 수 있으려나. 중1 손자 대학에 진학해 진로가 눈에 잡히는 걸 볼 수 있다면 마음이 편안하겠다. 그렇게 욕심이 흐른다.

벤저민 프랭클린은 "인생에서 피할 수 없는 두 가지를 세금과 죽음이라" 했다. 나는 그보다 더 두려운 게 노후 과정인 것으로 여겨 이쪽에 퍽 민감하다.

인공호흡기를 달고 수명을 연장하는 사람이 적지 않다. 몸이 건 과일처럼 말라버린 상태에서 명을 붙들고 있는 모습처럼 딱한 것은 없다. 더욱이 정신을 놓아 버린 치매 노인의 삶은 무엇인가. 그걸 사람의 삶이라 하랴.

나는 다르게 가고 싶다. 단지 그러고 싶은 게 아니라 바람이 간절하다. 죽을 때까지 건강하게 살다 가기를 원한다. 당장의 과제다.

격리되는 것, 멀리 떨어진 음침한 곳에 몸을 놓고 싶지 않다. 희망 사항이겠지만 내 의지로 할 데까지는 할 것이다.

화분에서 땅으로 옮겨 좋은 난처럼 햇빛과 바람 속에서 살고 싶다. 스스로 먹고, 생각에 잠기고, 아이들과 얘기하고, 책도 몇 장 넘기고 글 몇 줄 쓰면서 내 두 다리로 거닐다 청명한 어느 날 내 둥지 언저리에서 걸음을 멈추고 싶다.

사람의 수명은 내 뜻이 아니다. 섭리다. 햇빛과 바람 속에 있다가 해 어둠에 숨고 한순간에 바람 자거든 이때인가 하는 것이지. 언제든 모색暮色 속으로 들라 하면 따라 스미려 한다. 겸허히 따라야지.

그게 지상에서 보일 수 있는 마지막 덕목일진대. (2018)

구멍

고·양·부高梁夫, 탐라 시조가 하림한 곳이 삼성혈三姓穴이다. 제주 삼성신화의 발원지다. '穴'이라 명명한 게 자못 흥미롭다. '穴'은 구멍이니 탄생신화의 핵심으로 산모의 출산과 비슷한 유형을 이룬다.

세상에는 구멍이 지천이다. 눈여겨보면 크고 작은 구멍 천지다. 개미구멍 같은 작은 것에서 물이 빠져나오는 거대한 보洑에 이르기까지 셀 수 없이 많다. 둑이 개미구멍으로 무너진다는 것은 놀라운 일로 묘리를 꿰찬 말이다.

구멍 나 속이 빈 대나무에 구멍을 뚫어 퉁소를 만든다. 보릿대에 입을 대어 불면 구멍으로 피-ㄹ 닐리리 가느다란 소리를 낸다. 공명통의 울대를 울리니 소리가 나는 것이다. 공명통은 울리기 위해 소리를 한가득 담고 있는 구멍이다.

물주전자에서 나온 물을 머그잔에 가득 따르는 것도 구멍이 있어 가능하다. 난로 위에 얹힌 주전자가 김을 모락모락 내며 뚜껑이 들썩인다. 힘을 얻은 물이 구멍으로 기운차게 나와 에너지로 변환하는 물리적 현상이다. 구멍에서 증기기관의 원리를 찾아낸 것은 위대한 발견으로 자그마치 산업혁명을 견인한 동력이 됐다.

옛날 시골 아이들은 놀이를 하며 사람을 가로로 길게 뉘어 양팔로 뒤에 업고 '열두 군데 구멍 뚫린 항 사세요.'라 했다. 아무 생각 없이 놀이에 몰두하다 커 가며 고개를 끄덕였다. 사람을 뒤로 항아리를 넌 것처럼 업은 것도 그러려니와 그 '열두 군데'의 정확성에 감탄하게 된 것이다. 몸의 부위를 손으로 만지며 꼽아 보니 수효가 틀림없다. 자꾸 빠뜨려 열둘을 채우지 못해 다시 세고 또 세고. 열두 군데가 여지없이 맞아 떨어짐에 놀랐다. 맨 위로부터 두 눈, 두 귀, 콧구멍과 입, 젖과 배꼽, 또 그 아래…. 비단 사람만이 아니다. 동물의 몸 대부분 열두 군데 구멍이 숭숭 나 있다. 조물주의 기예의 손은 한 치의 차질도 없이 애초의 구상대로 걸작을 완성해 놓았다. 절묘한 조각이다.

불필요한 구멍이라곤 하나도 없다. 보고 듣고 숨 쉬고 말하고 배설하고 짝짓기로 생명을 잉태해 출산하고…. 숨을 못 쉬면 죽음에 이를 것이고 항문이 빗장을 걸어 버리는 경우도 치명적이 된다. 구멍, 그것들은 어느 하나 소홀히 만들어진 게 없다. 독자적이면서 생명체의 한 구조로 창안돼 기능한다. 서로 간 유기적으로 생리라는 하나의 커다란 맥락을 이뤄 낱낱의 것들이 전체에 기여한다. 신비하다. 구멍 중 어느 하나가 막히면 몸 전체가 고장을 일으켜 멈춰 버리기도 하니 경탄을 자아내게 된다.

두 눈이 사물을 보는 일만 하는가. 울컥해 시울을 붉히고 슬프면 스르륵 이슬이 흘러내린다. 워낙 감성이 민감한 사람일수록 정서적인 기복을 눈물이라는 언어로 방류한다. 때로 눈물은 맑고 고운 성정의 유로로 감동을 매개하기도 하지만 흘러내림으로 카타르시스를 경험케 한다. 가식이라 함에도 불구하고 대체로 눈물은 아름답다.

입이란 구멍이 말을 만들어 소통에 기여하는 것만큼 위대한 일도 없으리라. 무형의 가치를 창조하는 푼수로 입에 더할 도구도 없다. 조음調音에서 구술口述에 이르는 전달과 교섭의 현란한 기교에 이르러 찬탄할 수밖에 없다. 말을 많이 하면 요설이고 남을 헐뜯거나 비하하면 구업 짓는 것이 된다. 입 안에 한 치 혀를 장착하고 있어 언제나 설화舌禍의 위험에 노출돼 있다. 조신하고 진중해야 한다. 이 점 입의 책무이면서 한계다.

몸의 구멍 가운데 제일 많은 게 땀구멍이다. 땀을 뻘뻘 흘린다는 것은 생명체가 활발히 움직이고 있다는 확실한 증거다. 몸이 풀가동 하니 더워서 구멍을 활짝 열어놓아 조절하는 것이다. 기막힌 시스템이다. 땀구멍이 없었다면 숨까지 막힐는지 모른다. 한여름 그늘에 비스듬히 눕고도 혀를 길게 내놓고 있는 누렁이를 보면 알 수 있는 일이다. 오죽 더웠으면 그 모양일까. 냉한만 흐르지 않으면 된다. 냉한은 몸에 병이 들어왔다는 빨간 불이기 때문이다.

제주의 돌담은 예술이 넘볼 수 없는 재능이다. 축담의 손이 신명을 얻었다. 숭숭한 구멍이 오랜 세월을 두고 거센 바람을 걸러낸 노고는 힘겨운 것이지만, 그럼에도 끄떡없는 힘을 과시해 왔음에 외경한다. 지붕이 날아가던 태풍에도 무너지지 않는 것이 섬사람들 근기의 표상 같다.

만년필 펜촉에서 잉크가 흘러내리는 것을 어찌 예사롭다 하랴. 잉크병에서 잉크를 주입 받아 다시 종이 위로 문자를 찍어 가는 굵고 진한 사고의 궤적이 오랜 세월을 두고 문화를 만들어 내지 않았는가.

잉크와 펜, 구멍이 구멍으로 이어지는 둘의 태생적 만남 같은 찰떡궁합이 없다. 그들이 쌓아 가는 언어예술의 탑은 높아만 간다. 높을수록 견고하고 눈부시다.

중환자실에 누워 할딱거리는 생명에게 숨을 잇는 산소호흡기와 링거도 단순히 말하면 구멍이다. 그 구멍은 코에서 기도를 거쳐 폐포, 핏줄을 거쳐 실핏줄 따라 온몸으로 흐르게 터놓은 생명의 길, 구원의 길이다. 구멍에서 구멍으로 흘러 생명을 살아나게 한다. 구멍이 또 하나의 위업을 쌓고 있는 현장에 서면 숭고함에 숙연해질 수밖에 없다.

엊그제 건강검진으로 위내시경을 받았다. 카메라를 단 길고 가느다란 호스가 식도를 지나 속으로 파고들어 위벽을 샅샅이 뒤지다 나왔다. 전광판에 내 위의 염증이 찍혀 나왔고, 의사가 스무 날 동안 약을 먹어라 처방전을 내 주었다. 다른 것도 아닌 사람의 장부臟腑 속을 관찰하는 인술의 눈이 지나며 오간 곳이 바로 구멍이다. 구멍은 생명의 든든한 후견이다. 후유 하고 안도의 숨을 내쉰다.

수챗구멍으로 물 빠져나가는 소리 들린다. 토목에서 오수관거汚水管去라 했다. 생활하수는 땅속에 묻힌 커다란 관을 통해 종말처리장으로 흐른다. 작은 구멍에서 큰 구멍으로, 종국에는 바다라는 거대한 무한대의 구멍이 이들을 품는다. 구멍이 종점으로 가면서 더 커지고 더 수용적이 되는 것도 간과할 수 없는 이치다.

구멍이 경계 대상이 되기도 한다. 총이다. 자칫 잘못 사용하면 살상무기로 둔갑한다. 고도의 사양의 것일수록 무서운 파괴력을 갖는다. 이념이나 종교적 갈등이 왜곡된 구멍, 평화를 잃은 구멍, 철학이 절름거리는 구멍을 만들기 쉽다. 인간의 역사가 전쟁사일진대 이 인류의 비극에 공격적으로 관여한 총이라는 구멍에게 침을 뱉게 된다. 천벌을 받아야 할 구멍이다.

나라 발전에 결정적인 걸림돌이 세수 펑크다. 세손은 국가재정에 난 구멍이다. 그게 크면 경제성장 자체가 멈칫거린다. 세원 확보가 쉬울 리 없다. 세수에 구멍이 나지 않아야 나라가 순조롭게 돌아간다. 지도층은 물론 재계와 사회 계층이 짐을 나눠져야 하는 일이다. 협력체계가 바로 서지 않으면 나라가 흔들려 불행에 빠진다.

축구는 골을 만드는 과정이다. 오직 한 골을 위해 선수들은 피나는 훈련을 강행하고 선수 개인이 아닌 한 팀을 위해 경기 내내 사력을 다한다. 엄청난 활동량이다. 골문이 너른 것 같은데 수문장이 지켜 서 있어 좁디좁다. 세트피스로 공을 문 앞에 놓고 차는데도 막히거나 비켜가는 걸 본다. 공격과 수비의 대결 구도가 긴장을 극대화한다. 월드컵에서는 골 뒤의 함성에 지구가 휘청한다. 구멍이 확 열려버린 것이다.

사람이 이승의 삶을 마감하면 가는 곳이 무덤이다. 한 평도 채 안 되는 좁고 답답한 곳, 묘혈墓穴이다. 크고 작은 수많은 구멍을 뚫고 거치며 파란만장한 생애를 살고 나서도 결국 차지하는 곳이 그 작은 구멍이라니. 인생무상이다. (2015)

가파도는 섬으로 풍경이다

　강의 나가는 복지법인 춘강의 문학동아리 '글사모' 회원들과 가파도 문학기행에 나섰다. 가파도는 30년 만이다. 그적엔 발동기선 타고 정신없이 휘청댔더니 이번엔 여객선 타고 선실 좌석에 앉아 호사했다. 모슬포에서 남쪽으로 5.5km 떨어진 섬, 가파도 뱃길은 고작 10분이었다.

　짧지 않은 동안, 섬이 많이 변해 있었다. 새 건물들과 알록달록 채색 단장한 슬레이트 지붕들이 눈길을 끈다. 파스텔 톤 무채색 옛 섬이 아니었다. 기억 속에서 한 조각 추억을 줍고 있었다. 배에서 내려 몇 걸음에 닿던 민박집 그 아이, 어느덧 중년이 됐을. 그때 초등학교 5학년 소녀 '파랑이네' 집을 도무지 찾지 못하겠다.

　섬이 '청보리축제'로 한껏 달떴다. 보리밭은 작은 섬인 걸 충분히 잊게 한다. 바람도 쉬어가는 청보리밭의 일렁이는 보릿결. 가르마 탄 길 따라 건들바람이 살랑대고 떼 지은 사람들이 바람과 함께 흐른다. 까르르 웃는 정겨운 웃음도, 주고받는 다감한 말들도 함께 흐른다. 이 어인 조화인가. 지적에 굽이치는 창망한 바다가 보리밭으로 흘러들어 남실거리는 것만 같다.

　밋밋한 보리밭 언저리에 나무 몇 그루 섰으면, 그래서 해풍에 휘적

댔으면. 그게 섬을 역동적이게 했을 텐데, 나무가 없다. 그래도 가파도는 섬만으로 풍경이다.

가파도 문화는 이렇게 속살을 드러내 놓고 있었다.

보리밭 초입에서 희한한 집과 만났다. 글로 쓸 수 있는 알맞은 그림기호는 무엇일까. 소라껍데기와 딱지로 도배한 집이라 하면 되나. 울타리에서 시작해 어귀며 사면의 벽에 이르기까지 온통 소라껍데기와 딱지를 붙여 놓았다. 어루만지다 몇 걸음 물러서서 보지만 그냥 손길이 아니다. 불규칙 사방 연속무늬가 집을 예술로 완성했다. 마당엔 아이주먹만한 몽돌을 오밀조밀 깔았다. 고 작디작은 것들을 낱낱이 줄 세웠다. 보는 이들이 탄성을 지르며 어깨를 맞대 인증 샷에 바쁘다.

섬은 바다를 끼고 풍경으로 앉아 있었다. 해안 길 올레 10-1코스를 걷기로 했다.

동네 벽들이 해녀의 물질 사진을 붙인 상설 전시장이다. 영등굿 장면도 있다. 마을 사람들이 손으로 뜨고 그린 소품 전시장을 지나니, 눈앞이 바다다. 아이 키 높이로 둘러 바람 막고 해녀들이 언 몸 쬐는 불턱, 가족들의 무사안녕과 풍어를 기원하던 할망당과 선사시대의 유물 고인돌 군락지, 학교와 교회와 대원사 절 마당에 서 있는 해수관음상…. 가파도는 예사 섬이 아니다. 곳곳에 시간의 흔적이 묻어나고 선인들 숨결이 배어 있어, 섬 전체가 자연사박물관이다.

해변 둔덕에 한창 자라는 키 작은 사철나무와 까마귀쪽나무들이 반갑다. 작은 숲이다. 잇대어 아기 솔들이 줄을 섰으나 바닷바람에 부대껴 벌겋게 떴다. 섬에 숲이 없는 속사정이 있었다. 바다를 끼고 공동묘지가 들어섰는데 이장하다 몇 기 남지 않았다. 이력을 아는 이의 귀띔으론 납골당에다 안치했으리라 한다. 장차 작은 섬에 무덤이 들어설 자리가 없겠다. 무덤을 방풍이라는 풀이 뒤덮고 있다. 고사리나 산딸기나무가 아닌 것도 유별나다.

네 시간 머물며 가파도를 섭렵했다. 책 한 권을 읽은 만큼 담뿍하다. 가파도엔 나무가 없다. 그래도 가파도는 섬으로 풍경이다.
(2018)

이 새벽 내게

시무룩이 눈 흘기며 나를 만만하게 봐 왔다. 남보다 이목구비가 준수한 것도, 특별한 재능을 갖고 있는 것도 아닌 여염의 보통사람일 뿐이다. 인파 속에 섞이면 그대로 한 통속이 돼 버리는, 그 이상도 이하도 아닌 사람, 나다.

나이 듦인가. 어느 날 내가 다소곳이 내 앞에 정좌해 눈을 껌뻑이고 있다. 좀체 없던 일이다. 내가 내 앞에 무릎 꿇고 나지막이 앉아 있다니. 갓 입학식 마친 초등생이 처음 들어선 교실에서 낯선 담임선생님 앞에 나앉듯, 단정히 두 손 무릎에 하고 눈을 반짝인다.

새벽 세 시. 방문을 열어 놓는다. 습관적 행위가 가져온 결과는 놀랍다. 와락 동창으로 말려든 바깥 공기에 방안이 물 뿌려 소쇄한 듯 삽상하다. 몽매 속에 퍼뜩 정신이 꿈틀한다. 늘 겪는 이 시간의 설렘이다.

어둑새벽 만물이 잠든 시간, 사위에 내려앉은 산사 같은 정적. 희붐한 속 정원의 나무들도 숨죽인 채 아무 기척이 없다. 깨어나려면 잠이 다시 한 고비 지나 변곡점에 닿아야 할 이른 시각이다.

겨울로 가는 계절의 교차로에 나앉은 달, 11월.

여태 순탄하게 흐르다 문턱에서 몇 번인가 겨울 속으로 되우 뒤척일 것인데, 낌새를 알아 단단히 별렀으리라.

희끄무레한 허공에 까만 뼈대로 남은 나뭇가지들이 어느 화가의 스케치북 속 연필 자국만한 궤적으로 선명하다. 남루 하나 걸치지 않고 무서리 내리는 찬 하늘 아래다. 한마디 투덜대지 않는 저 근기는 어디서 나오는지 놀랍다. 지금 이 시간, 묵연히 무슨 생각에 잠겼을까. 낮과 밤이 한결 같고 여름과 가을 그리고 겨울이 다르지 않은 항심이다. 많은 말을 갖되 말하지 않는 침묵이 덕목으로 자리 잡은 내명內明한 현자라면 저럴까.

책상머리에 앉아 눈을 안으로 거둬들인다. 무슨 생각에 골몰한데 무엇을 어떻게 하게 될 것 같지 않다. 책상머리에 넋 나간 사람마냥 앉아 있을 뿐이다. 간밤 자리에 들면서 천장에다 멋대로 쓰고 지우던 사념의 끄트머리가 분명 있었는데, 밤은 머릿속의 그것마저 흐트러뜨리는지 가뭇없이 지워져 버렸다. 글의 꼬투리가 될 소재의 키워드를 놓치고 말았다.

하긴 어제오늘 일이 아니다. 이거다 하며 글감 하나 얻었다 쾌재를 불러 놓고 잠시 딴전 부리는 새 머릿속에서 사라지고 마는 일이 잦다. 알 수 없는 부재다. 점이며 선이며 색, 생각의 한쪽 귀퉁이마저 모지라지고 없다. 멸실 앞에 늘 당혹스럽다.

그것의 너덜대는 끝자락, 기억의 회로를 더듬으며 버둥대지만 일단 방목해 버린 소재는 의식의 범주에서 멀어져, 이미 내 것이 아니다. 숨 몰아쉬며 다시 탐색에 나선다. 멀찍이 내 범위를 벗어난 사유가 중심을 잃고 비치적거린다. 와해한 의식의 실지를 되찾는 일이 쉬

올 리 없다. 얼른 풀릴 갈증이 아니다. 조갈燥渴이 올 듯 목마르다.

무얼 쓰려 하지만 거부감이 헤살 놓는다. 가령 쓰더라도 전에 쓴 것에 못 미칠 것 같은 이상한 무력감, 재능의 한계인가. 요즘 들어 내 글쓰기가 이렇게 휘청거린다. 무슨 일도 몇 번 위기의 계단을 지나야 한다. 쓰노라면 써진다는 허약한 믿음이 시험대에 오른 것은 아닌지 모른다.

등단해 사반세기를 시종해 왔는데, 이제 와서 웬 뜨악한 생각을 하는지 자신을 돌아보게 한다. 부인할 수 없는 것이 있다. 이런 일련의 조짐이 극단에 이를 때 단절로 치달을지도 모를, 품어 온 내 문학에 대한 짙은 회의.

쓰다 손을 내려놓고 먼 산에 눈을 줄 때가 빈번해 간다. 왜 눈물겹게 외로운가. 세상에 혼자 남은 것 같은 존재의 허망이 나를 몰아세운다.

그럴 때면 으레 왜 쓰느냐는 의문과 마주한다. 수없이 내게 던져 온 질문이다. 나를 혼란에 빠뜨리는 것은 그 물음에 대한 자답이 없다는 사실이다. 문답은 대화를 트고 이끄는 발화의 단초다. 의당 나와야 할 답이 없으니 단절이 올밖에. 가슴을 쓸어내리며 해거름, 먼 데 가 있는 눈시울이 놀빛으로 탄다.

유명 시인 작가라면 다를 것이다. 그들은 첫 낱말, 하나의 문장에 얼마나 고뇌하는가. 심신이 결단날 것 같은 지독한 고통 속에 쓰겠지만 작품으로 위안 받는다. 그들에겐 수많은 독자가 있다. 공명해 주는 이웃이 있다는 것은 환희다. 문학에서 그런 획득과 확보는 작가를 환호자약하게 한다. 문인이 남길 수 있는 자국에서 가장 빛나는 부분으로, 그에 더할 광휘가 어디 있으랴.

한 줄도 쓰지 못한 채 앉아 있으면 궁상맞다. 무얼 쓰며, 왜 쓸 것인가에 이르러 말문이 막혀 버렸다. 이 새벽, 내게 할 말을 잃고 허무의 근원을 붙들고 앉았으니, 허탈하다.

하지만 도로 손을 자판 위로 얹는다. 정년 후, 지지리도 길었던 십 년을 쓰기에 몰두했었지 않은가. 쓰지 않고선 달리 방편이 없다. 그나마 쌓아 온 몇 겹 내공이 있었는지 누군가에게 읽힐 거라는 막연한 터수에서 시를 쓰고 수필을 쓴다. 서러워도 기뻐도 슬퍼도, 지치게 쓴다.

쓰는 게 자유로워질 때까지, 자신과 화해하며 쓰리라. 어느 지점에 내 글을 읽어 줄 한 사람 있으려니, 쓰자고 간곡히 주문한다, 이 새벽 내게. (2017)

나이테

나무는 물관과 체관 사이에 부름켜가 있어 세포분열을 일으킨다. 세포가 분열해 하나가 둘로, 둘이 서넛으로 여덟로 열로 분열하면서 쪼개져 그 수가 불어나 줄기가 굵어진다. 성목으로 생장하는 것이다.

봄과 여름엔 부름켜의 세포분열이 왕성하다. 부드럽고 크고 색도 연하다. 겨울이 오면 부름켜도 월동 준비를 서두른다. 세포가 천천히 자라고 분열 속도도 느려져 세포 크기도 작고 두꺼워진다. 이듬해 봄에 나무가 다시 자라고 줄기가 굵어지면 지난겨울, 자람을 멈춰 정체됐던 부분과 구별이 된다. 이렇게 나무가 자란 모습이 번갈아 다르게 나타나며 생긴 것이 나이테다.

나이테의 간격을 보면, 어느 해에 나무가 잘 자랐는지, 어느 해에는 나무가 살기 힘들었는지 알 수 있다. 간격이 넓으면 비가 적당히 오고, 따뜻하고 영양분도 많아 세포가 많이 불어나며 잘 자랐다는 것이고, 간격이 좁으면 그 해엔 나무가 자라기 힘들었다는 고난의 자국이다.

나이테는 나무의 생장 이력에 남는 흔적이다. 나무가 살아온 자취를 그들의 언어로 풀어낸 서사다. 부드러움과 딱딱함, 연함과 진함, 색깔에도 농담이 있다. 웬만한 손매인가. 그걸 동심원의 나이테로 새기는 것은 천부의 재능을 타고난 화공의 솜씨를 능가하고 있어 감탄한다.

한겨울 설한에도 움츠린 채 붓 들고 들앉아 선을 긋고 색을 칠함에 놀란다. 겨울에 더욱 섬세해지고 짙어지는 선과 색의 조화라니. 겨울에 그리고 칠하지 않았다면 봄의 넓고 연하고 부드러운 꿈같은 성장의 신화는 기록에 없었다. 봄여름과 가을겨울, 계절의 경계를 넘어 오가며 이뤄진 나이테의 내밀한 이야기에 귀 기울이노라니, 어느새 깊이 숨었던 내 인생의 뒤꼍으로 다가가 몇 갈피 넘기고 있다.

내 몸에도 나이테가 새겨 있을 것이다. 젊은 날 혈기에 불을 댕겨 타오르던 정열과 나이 들어 흥분을 재우며 수굿해진 정체 사이, 거기 굵고 가는 줄이 그러지고 연하고 짙은 빛깔을 올렸으리라. 파도로 일어나던 먼먼 젊음의 미로들이 종횡으로 얽힌 채 침묵했을 테고, 그 길 위를 방황하던 일탈과 그것에서 헤어 나오려 버둥대던 굴곡진 날들의 표정과 말이 흐르다 멎은 채 고여 있으리라.

이제 일흔 살로 치고 들어와 또 한 굽이를 꺾어 도는 길목에 손 내리고 문득 서 있는 나. 내 안의 부름켜는 한시 몸 져 눕지도 않는지 쉴 새 없이 운동하는 만년 무병 체질이다. 여태까지 내 안의 세포를 잘도 쪼개 왔다. 쪼개고 또 쪼개고. 녀석이 쪼갤 때마다 내 몸이 자라고 불어나다 어느 적부터 자람이 임계에 달했던지 멈춰 쪼글쪼글해져 간다. 세포는 쪼개지되 굳어 딱딱하니 거북하다.

나이 듦의 가시적 현상이란 것이 이렇다. 성취의 기쁨도 있었지만 눈물과 한숨이 뒤섞였던 지난날, 끝이 예고돼 있지 않은 아픈 나날들이 흔적으로 더께처럼 덮여 이 나이를 먹는다.

나무가 일 년 내내 똑 같은 속도로 자라면 나이테가 생기지 않는 다고 한다. 봄여름 사이에 겨울이 끼어들어 세포가 진하고 가는 둥근 띠가 돼 나이테인데, 열대지방 뜨거운 불볕에 서 있는 나무엔 나이테 가 없다. 나이테는 나무의 우여곡절을 또박또박 적어 놓은 적나라한 기록이다.

약관에 초등학교 교단에 선다고 처음 양복 입고 넥타이를 매던 날, 내 나이테가 한 번 꿈틀하며 한 뼘 폭 넓은 여백을 만들었을 것이다. 두 아들의 탄생이 그려 넣은 그것은 훨씬 느긋했을 것이고, 그런 유 려하던 필력은 나이 들며 점차 시간 속으로 오므라들었을 것이다. 마 흔 살 가장이 세간 싣고 바다 건너 대처로 이사 길에 올랐던 일은 나 이테의 간격을 극한까지 좁히며 쇳덩이처럼 굳게 들어앉았을 것인 데, 가슴 벅찼던 환향엔 굽이치는 선 몇 개와 고운 문양도 아로새겼 으리라.

정원 나무들이 굵직이 자랐다. 큰 나무로 집에 온 북쪽 울담을 끼 고 선 늙은 동백은 속에 백 몇 번 줄을 그렸을까. 양철깡통에 심은 채 집에 온 비자나무도 두 손으로 감싸게 덩치가 굵다. 부름켜 녀석 부 지런히 제 일에 손을 놓지 않았음이다.

소한 지나 엿새, 폭설로 정원이 하얗다. 눈 내려 포근한지 며칠 강 풍에 휘청거리던 나무들이 안온한 기색이라 바라보는 맘도 편안하 다. 나무들 속에서 부름켜도 잠시 운동을 쉬고 있을 것인데, 나는 아 닐 것이다. 후끈거리는 난방에 덧옷을 포개 입었으니 그놈의 부름켜는 멋모르고 세포를 일으켜 세워 열차! 구령 붙여 가며 분열을 충동질하고 있을 게 틀림없다.

나이 들며 늙는 건 섭리다. 부름켜 탓이 아닌 걸 버릇으로 구시렁거린다. 정원의 나무들이 자랐으니 그들도 늙어 가는 것이고, 나도 퇴락하고 있음을 실감한다.

소나무 벤 둥치에 나이테가 선명했다. 고스란히 사계의 그림자가 있고 나무가 겪었던 희로애락이 손금같이 눈에 든다. 나무가 살나 간 장엄한 역사로 남은 나이테에서 쉬이 눈을 뗄 수 없었다. 한 생에 충실했던 나무였다.

언젠가 내 아이들에게 보이게 될 내 나이테는 어떤 선과 색깔을 하고 있을까. 간격과 굳기와 색이 곧 어려움을 이겨낸 그 자취라는데, 나는 어떨지 궁금하다. 지금 이 순간도 내 안의 부름켜는 분열을 쉬지 않을 것이다.

이곳에 남은 동안이라도 좀 넓고 느긋하게 폭을 넓히며 고운 색을 올릴 수 있으면 좋겠다. 나잇값 해야지. (2018)

흐른다

눈이 내린다. 창밖이 쌓인 눈으로 눈부시게 현란하다. 백색 일색, 이런 순일한 세상도 있었나 싶다. 동창에 기댄 채 사위를 흐르는 소리에 귀를 기울인다.

밤새 휘몰아치더니 노작지근했던지 한숨 돌리는 숨죽인 바람소리에 섞여 들린다. 허공을 나풀거리며 사르륵 사르륵 눈 내리는 소리, 간간이 빈 나뭇가지 하늘거리는 소리, 이따금 문간 지붕으로 눈 흩뿌리는 소리.

숲에 숨은 새는 소리로 오지 않고, 눈 속에 몸을 묻은 낮고 작은 것들의 숨소리도 갇혀 버렸지만 들리거나 들리지 않는 소리 천지에 미만하다. 소리란 소리들이 다 깨어나 흐르고 있다.

소리는 흐른다. 소리 내어 흐른다. 이 순간에도 저만의 소리로 흐른다.

앞개울만 흐르지 않고, 강물은 더 큰 소리로 증폭하며 먼 길을 돌아 콸콸 소리 내어 흐를 것이다. 눈 덮인 땅 아래, 얼음장 밑에서도 흐를 것이다.

요즘 도시의 거리는 자동차로 넘쳐난다. 꼬리를 물고 거대한 차량의 흐름이 연거푸 목 쉰 기계음을 내며 흐른다. 흐름으로 삶을 증명이라도 하려 듯 끊임없이 이어지는 소리들의 흐름.

소리는 일의 현장에서 숨 가쁘다. 성취란 소리 내어 흐른 뒤의 대차대조표에 명백하게 계량화되는 숫자. 행여 허약한 삶이어도 그걸 지탱하는 것은 흐름이다. 소리는 일하는 자, 살아 있는 자의 생명의 흐름이다.

저자의 악다구니에 혐오의 눈짓을 보내지 말아야 한다. 새벽시장 좌판에 바닷물 튕기며 파닥거리는 날생선의 비린내, 냄새 진동하는 시각에 깨어 있어 찰랑대며 바닷물로 되살아나는 소리다. 저자 바닥에 고일 새 없이 너울로 흐르는 소리다. 그 소리를 귀에 넣어야 하리. 단지 어수선하다는 이유만으로 나무랄진대 세상에 딴은 사랑할 것은 않다.

나는 잠시 대처에 살며 소리에 따라 함께 흐르는 도시 사람들의 내면을 들여다본 적이 있다. 지하철로 출퇴근하는 수많은 사람들이 환승역을 향해 내닫던 모습이 회상의 공간으로 파노라마 돼 흐른다.

그들은 계단 타기에 익숙했다. 가파른 계단을 오르내리느라 앞 사람의 뒤통수만 보며 걷고 내달렸다. 헛디디면 일상 속으로 무너진다. 하지만 단 한 사람, 넘어지는 이는 보지 못했다. 흡사 행선지에 닿게 잘 기억된 로봇 같았다. 그들 발바닥 아래로 흐르는 도시 서민의 너저분한 감상 따위는 안에 접고 있었다. 소리 내어 흐르는 속으로 들어가 흐름에 섞여 함께 흐르는 사람들. 혼자 흐를 수 없으므로 커다란 흐름에 합류하려 그들은 흐른다.

관계 또한 소리로 흐른다. 한 생을 살면서 맺어 온 무수한 관계도 어느 순간 흐름을 멈추는 수가 있다. 정을 섞던 사람이 홀연히 등을 돌린다. 신실하리라 믿었던 수많은 말들을 어떻게 버리고 떠나는가. 절박하던 그때의 표정은 관객에게 보여 주기 위한 한때의 연희演戱였는가.

근년 들어 작품집을 내는 문우들로부터 원고청탁을 받고 발문 겸 작품해설을 여러 번 썼다. 헤아리니 지난 한 해 동안 여덟아홉에 이른다. 타자의 작품을 평설하는 것처럼 외로운 작업은 없다. 차마 노동판에 들어 벽돌을 져 날랐지 이 일같이 가탈이고 버겁고 난감한 것은 없다. 남의 내밀한 속을 뒤지고 우비고 또 속정을 끄집어내기만 한다고 되지 않는다. 남이 아파할 것을 빤히 알면서 가타부타 흔들고 휘젓다, 또 알량한 언사로 작가의 비위를 맞추는 것은 체질에 맞지 않다. 아픈 데를 꼬집으려면 나도 아프다.

설익어도 싫지 않은 것이 열매의 단맛이다. 고통 뒤, 쓰고 나면 짜릿한 것이 이 일이다. 주변에서 들려오는 긍정의 목소리는 위안이고, 책의 존재감이 전국으로 날갯짓하는 것을 보면 함께 나는 듯하다. 그런 작지 않은 성공과 지역을 넘는 확산에 말할 수 없는 희열을 느낀다. 쓸 때의 피로감 따위는 삽시에 온데간데없다. 그래서 언어가 매양 좋아 그것에서 떠나지 못하는가 보다.

은연중 작가와 나 사이에 한소리가 흐르고 있었던 것이다. 언어가 또 하나의 효능으로 흘렀음을 늦게야 깨닫는다. 그때, 나는 혼자서 세상이 기울게 기뻐한다. 때로는 몸 들썩이며 웃기도 한다.

글 쓰는 사람의 언어는 쉬지 않고 흐르고, 그 흐름 앞에 서면 장엄한 속으로 너나없이 함께 흐른다.

지금, 나는 이 글 한 편을 쓰면서 이 글 쪽으로 신명나게 흐르고 있다. 어제 흐르던 길에서 갈려 나온 외딴 길이다. 외로운 길일 것을 알면서도 그 길을 가겠노라 하고 있다.

그렇게 흐른다. (2018)

초록에 탐닉하다

폭염에 부대껴 덥고 목마르다.

이쯤에서 인내는 간사한 감정의 사치에 불과한 것. 하늘에서 마당
쇠 같은 우직한 화부가 잉걸불을 마구 쏟아 붓는지 견디기 힘들다.

연일 폭염경보다. 후텁지근한데다 목이 탄다. 자연에 겸손하지 못
해 허투루 해 온 인간에 격노한 염제가 활활 땅덩이를 태우기라도
할 작정인가. 바다가 한여름의 갈맷빛을 잃어 검푸르다. 늘 담대해
해연풍에 실려 넘실거리며 뭍으로 밀려오던 어제의 역동의 바다가
아니다. 하늘의 기세에 쪽을 못 쓰는지 입 앙 다물고 늘어져 긴 오후
의 나태에 빠졌다.

언제였나. 한창 나이 때, 도시락 싸들고 갔던 깊은 산속이 생각나
는 날이다.

세간에서 떨어져 있는, 석간수 흐르는 그 계곡이 그립다. 거기 철
철 넘치는 물웅덩이에다 찜통더위에 처진 일상을 담그고 싶다. 눈 지
그시 감고 앉아 맑은 정기를 뿜어내는 산의 숨소리를 듣고 싶다. 싱
그러운 잎 그늘 아래 우는 새소리, 숲을 훑고 지나는 정갈한 바람소
리에 귀를 세우고 싶다. 산그늘에 함초롬히 피어 있는 들꽃에도 눈을
맞추고 싶다.

잠시 통속에서 빠져나와 물과 나무와 풀과 꽃을 끼고 앉으면, 산을 흔들어 깨우는 숲속의 바람. 바람 뒤로 해후하게 될, 숲이 터진 공간으로 열리며 오는 여름 하늘의 싱그러운 민낯. 눈 가득 채우거니 숲에 내리는 여름 하늘은 푸르디푸르러 현묘한 청자 빛이다.

덥다. 양은냄비에 물 펄펄 끓다 잦아들 듯 덥다.

멀리서 산이 손짓하지만, 몸 굼뜨고 땀이 줄줄 흐르니 나들이가 거치적거린다. 뭉그적대다 그만두기로 한다. 때로는 하던 대로 기울면 좋은 것, 절어 지낸 타성이 편하다. 내 터수대로 하리라.

꼭 산이라야 할 이유는 없다. 먼 데 눈을 주지 않아도 된다. 다리품 팔 것 없이 집에 작은 정원이 있었다. 남쪽 울안 멀꿀나무 작은 숲이 안성맞춤이겠다. 현무암 바윗덩이를 갈고 깎고 다듬은 돌 탁자, 넷이 마주하는 돌 의자가 손짓한다. 평소에 사유의 시간을 붙들고 앉아 글의 흐름을 종잡아 온 창작의 공간이다. 펑펑 쏟아 내 초록이 지천인 정원의 핵심, 그 숲 아래 그늘이 넓고 깊다.

요즘 뜸한데 낮잠이나 자거라 휴대폰을 닫아 버리고 읽던 책을 갖고 와 펼쳐 놓는다. 시가 내리면 받아쓴다고 백지와 펜도 준비했다. 어제 읽던 그 대목, 난해하던데 오늘은 몇 줄 읽힐까, 더위에 졸고 있던 영혼이 깨어나 눈 껌뻑이려나.

파르르. 지나던 한 줴기 바람에 떠는 소리. 반사적으로 손이 가 한 고비를 넘는다. 이곳에도 더위는 뜻밖의 파장으로 와 있다. 숲으로 끼얹는 여름 하오의 열기 탓이려니.

월간지에 실린 시에 눈을 주지만 별 감흥이 없다. 지나친 관념이거나 주관에 갇힌 자기애의 열띤 목소리에 공명하지 못한다. 시 속 화자와 영혼의 교감이 없으면 시는 한낱 어휘의 나열, 허접한 언어의 유희에 불과하다. 또 더위 속으로 표류하려나 보다. 영혼이 떠난 자리에 고이는 한여름의 공허에 나는 섬처럼 외롭다.

책을 덮는다. 눈앞의 나무들에 눈을 보낸다. 녀석들, 어느새 내게로 바짝 다가왔다. 줄줄 소리 내며 흐를 것 같은 천연덕스러운 초록 물. 겹겹이 두른 수수만만의 잎들이 오직 초록 일색으로 푸르다. 언제 이렇게 물들었나. 한때 봄을 희망으로 채색했던 연둣빛이 한 층위 진화한 지금 어느 한구석에도 남아 있지 않다. 외려 거무죽죽해 푸르뎅뎅하다. 계절에도 가속이 붙는지 그새 진하게 심록의 물을 들였구나. 어떤 큰손의 노역일까. 붓질에 눌어붙은 유화의 투박한 질감이다.

동백나무, 비자나무, 감나무, 보리수밤나무, 석류나무, 단풍나무, 팽나무, 이팝나무, 자목련. 모과나무, 오가피, 앵두나무…. **빽빽할수록 초록의 덕목은 미덥다. 어쩌면 저리도 눈 시리게 푸른가. 몸속까지 초록에 전 나무들의 푸른 숨결에 가슴 벌름거린다.

이곳은 바깥세상에서 떠나온 곳, 초록의 외딴 군락이다. 설한에 발가벗고 몸을 떨던 것들이 저렇게 두껍게 속살까지 초록을 껴입다니. 짙은 치장으로 완벽한 환골탈태다. 잎만 아니다. 거멓던 줄기까지 불그죽죽 건강한 빛깔이다. 여름 정원에 낙엽수란 이름은 지워지고 없다.

알 수 없는 일이다. 사람은 덥다고, 목마르다고 투덜대는데 나무는 볕에 태울수록 푸르니. 나무는 푸념하지 않고 여름을 작동하며 살아

낸다. 불볕 아래 간단없이 도모하고 있을 치열한 광합성의 현장. 시종 버둥대며 뒤척일 뿐 그들의 노역엔 흐르는 땀이 없다.

초록의 숲에 풍덩 빠져 있어도 나는 지금 더운가. 가을의 열매를 향한 집념의 나무들, 그들 앞에서 덥다 투덜대 온 입에 종주먹을 올려댄다. 이러고 사람이라 우쭐대고 있으니 낯 뜨겁다.

진종일 세상을 떠나 혼자 있었다. 작은 정원의 멀꿀 숲 아래 앉아 초록에 탐닉했다. 무념무상, 해 질 녘을 넘어 밤으로 잠기리라.
(2017)

2.

특별한 밥상

아내가 일본 도쿄로 3박 4일 여행을 떠났다.

이것, 저것 하며 꺼내 먹어라 낱낱이 찍고 갔으니 따라야 한다. 내어 놓았더니 이런 밥상은 첨이다. 오곡밥 갈비탕 고사릿국에 김장김치, 삶은 배추, 미나리무침, 갓김치, 쪽파김치, 멸치젓, 창란젓, 오징어젓. 요즘 구경 못하던 미나리무침과 창란젓 오징어젓은 생각 또 생각 끝에 기억에서 퍼 올렸을 법하다. 저것들, 내가 얼마나 좋아하는가. 아내와 함께 살아 온 오십 년 정이 와락 묻어난다. 그냥 일이 아니다. 벌써 왜 먹지 않았느냐 군소리가 들린다. 조금씩이라도 집어 먹어야 한다. 그것 참, 먹고 나서 냉장고에 들이려니 꽤 번거롭다. 어허. 이런. 냉장고에 삶은 계란 두 개가 종지에 자릴 틀었다. 주전부리감이다. 저녁에는 매일 라면 반쪽을 먹는다. 끓일 때 쓰라고 라면 봉지 옆에 가위가 놓여 있다. 콧잔등이 시큰하다. 참 고마운 사람이다.

챙겨 준 성의를 봐서라도 골고루 먹어야겠다.

설계하지 않은 건축

선을 지우면 면이 일어서서 춤춘다. 면면들이 공간을 확보해 그 하나는 내 글방이다. 썩 맘에 든다. 웬 계시인가. 점호 취하듯 줄 선 책들이 어느 날 오랜 정체를 게워 내 나무로 부활하리라 한다. 그림 두어 점 걸릴 벽은 내야 하는 것이고, 그것들엔 본디 하얀 그대로 무슨 현란한 색을 올리지 않아서 좋다. 바다가 바라다보이게 창을 내고, 다른 창으로 들어와 앉은 앞산도 자그마치 제 터수로 한 세상인데, 그게 여직 살아온 내 인생에게 주어진 덤으로 여긴다. 굽은 등이 뒷손 진 채 계단을 오르면 볕 잘 드는 옥상, 거기서 아이 같은 반나절의 좌와기거를 누가 뭐라 할까. 뇌성벽력에 비바람 치는 날 동창으로 숨어든 습한 기억들을 죄 털어내다 일흔의 늙은이 어깨로 몰려와 머릿속으로 스멀스멀 기어오르는 어지럼증쯤 견뎌내며 뚝뚝 앞으로 지는 여적餘滴이랑 놓치지 말아야지. 귀로 듣고 눈으로 어루만지며 받아쓰기 해야지. 집은 사람으로 완성되는 것이거늘.

꼬투리

밝아도 눈앞으로 빛이 안 드는 공간, 불모의 땅. 나 혼자일 뿐, 모든 것들과의 사이에 말도 표정도 꿈틀거림도 없다. 한 가닥 사고마저 뒤엉켰다. 머릿속이 헝클려 난삽하다.

사방을 둘러본다. 숲이 있던 자리에 나무 한 그루, 꽃 한 송이, 풀 한 포기 없다. 벌레 한 마리 기어 다니지 않는다. 눈을 허공으로 보낸다. 손을 내밀어도 지나는 바람결뿐, 만져지는 거라곤 없다.

이 숨 막히는 적막을 흔들 작은 새의 날갯짓이 그립다.

글이 써지지 않는다. 어지간하면 쓰고 싶은데 머리에 떠오르는 게 없다. 물고 늘어지려 해도 잡히는 게 없으니 쓸 수 없다.

나에게 와 앉은 일방으로 텅 빈 공백. 느닷없는 이 웬 단절인가.

신새벽 두 시부터 정오에 이르는, 이 시간을 혼자 앉아 한 줄의 글이 내리기를 기다린다. 그새 세안하고, 아침 두어 술 뜨고, 옥상에 올라 산을 보고 바다를 바라보았다. 산은 무표정에 말이 없고 바다도 어둔 하늘 아래 시무룩하다. 산도 바다도 속을 내보이지 않는다. 머릿속이 하얗다. 글 쓰는 게 외롭다.

앉아 있으려니 뒤틀리던 몸이 둔중하게 가라앉는다. 움직여야겠다. 오늘 땅을 적실만큼 비가 온다 했다. 비 뒤 텃밭에 채소 모종을

심을 요량이었다. 월동 배추 뒤로 손을 놓았더니, 그새 텃밭이 잡풀 천지 묵밭이 됐다. 머리는 놔두고 몸이라도 부려야겠다. 삽으로 갈아 엎어야지.

지심이 얕은데다 메말라 삽질이 힘들다. 삽날 끝이 쇳덩이 부딪는 소리를 낸다. 삼십 분 흙을 팠다고 땀이 흐른다. 이제 하는 일에 나이 는 속이지 못한다. 또 부릴 일이 있을 텐데, 이만 하고 오랜만에 노동 하느라 애썼다고 몸이나 달래 두어야겠다. 웃음에 더할 좋은 인사법 은 없다. 몸에게 활짝 웃어 주어야 하는데 웃음이 떫고 시금털털하 다.

씻고 다시 책상머리에 앉는다. 옥상을 오르내리고, 바람 쐬고 텃밭 을 갈아엎고 땀도 흘렸으니 머릿속에 무슨 상념 하나 떠오를 테지. 허드레 잡념이라도 일면 실마리로 낚아채야지.

한데 아니다. 머릿속은 여전히 잡목으로 어수선한 덤불숲, 지나던 바람 한 줄기 흐르다 걸려 너덜거리더니 닫히고 꽉 막혀 버렸다.

글을 써야 하는데 꼬투리가 잡히질 않는다. 먼 데서, 먼빛으로 손 만 까딱해도 달려가 물고 늘어질 텐데 아무 기척도 없다. 이마로 오 던 한 가닥 바람도 지나가 버렸으니 속절없다. 지나간 바람은 다시 오지 않는다. 머릿속이 텅 비었다. 정신 공황의 단초인가. 그쪽으로 막 가고 있는 것은 아닌지 모른다. 설마, 그래도 더럭 겁이 난다.

수필로 쓰고 시로 쓰고. 많이 썼다. 나무와 꽃과 돌, 산과 바다, 사 계절과 사람과의 인연, 종교와 철학, 사회와 풍속과 과거사 그리고 미래의 삶과 죽음과 이별….

소재가 고갈된 걸까. 어불성설이다. 삼라만상 초목군생이 다 글의 소재인데, 쓰면 얼마나 썼다고 소재 고갈이라니. 글 쓴다고 아직 손이 닳지 않았고, 소재 찾아다녔다고 신발에 구멍 난 적도 없었다. 광야를 헤매다 길을 잃은 적 없고, 골짝을 헤치느라 밤 새워 신음한 적도 없다. 빛이 그리워 글썽인 적이 대여섯 번, 목말라 캥캥거리며 잠 못 이룬 적이 두세 번.

궁핍에서 글이 나오는데, 나는 풍요 속에 글을 받아 써 왔다. 너무 쉽게 했다. 시장하면 밥을 받아 앉았고, 종합비타민제에 무슨 탕으로 배를 채워 가며, 걸핏하면 글이 안된다고 소주를 들이켜면서 몽롱하게 썼다. 호사였다. 1930년대의 이 상과 김유정을 생각하면 그렇게 포식하며 쓸 수 없었다. 체면이 있고 염치가 있는 법이다.

그 푼수로 말할 것은 아니나, 내 글이 100년 전, 그들에 미치지 못하는 건 심각한 일이다. 염치불고하고 덤빌 일이 따로 있지 문학은 아니다. 물 쓰듯 돈 팡팡 쓰고, 즐기고 만끽하며 문학을 하는 것이 아니었다. 쾌락은 통속일 뿐이다. 그동안 나는 문학 밖에 있었는지도 모른다.

형벌일까. 오늘 이 방황이 내게 내린 죄의 값인지도 모르겠다. 판관을 찾아 아뢰고 싶다. 이왕지사 이렇게 된 바이나 대오 각성할 것인즉 관용으로 덮어 주십사고. 두어 해만 집행유예를 내려 주면 개과천선해 궁핍 속으로 쓰러져 글을 쓰리라고….

신새벽부터 열두 시간, 한나절을 한 줄의 글에 매여 앉았다. 행여 했는데 써지지 않는다. 첫 문장의 첫 낱말을 퍼 내지 못하는 이 무력함.

비가 내리기 시작했다. 우리말에 제일 많이 써 온 '부슬부슬' 내리는 부슬비다. 이 비 뒤엔 아직 못 핀 봄꽃들이 다퉈 필 것이다. 비는 신의 섭리다.

비를 맞으면 의식이 깨어날까. 나가자. 비옷도 우산도 없이 몸만 나가자. 마을 복판을 가로질러 바다를 끼고 걷다 와야지. 점점이 바다로 떨어지는 빗소리나 듣고 와야지. 비처럼 낮게 소곤거릴 싱그러운 봄 바다의 변주.

귀갓길이다. 책상머리에 꼬투리 하나 기다릴까. (2016)

권말기卷末記

　책 본문 뒤에 그 내용의 대강을 적은 글이 권말기다. 후기 또는 발문이라고 하는데 작품집의 경우, 책을 상재하는 이의 취향에 따라 작품 평 혹은 작품 해설이라고도 한다.

　내가 권말기를 처음으로 쓴 게 십 년이 좀 안되는데, 그새 스물 서너 권이 되고 있다. 동인이 대부분인데 내가 강의 나가는 글방 회원들, 또 과거의 인연들도 몇몇 있다. 써 달라고 청탁해 오면 마다하지 못해 쓴다. 좁은 지역이라 청을 거슬렀다 겪게 될 불편은 무모한 일이기도 하다.

　문제는 남의 작품을 평하기가 쉽지 않은 데 있다. 작품을 어떤 기준에서 접근하느냐 하는 것인데, 여간 가탈 부리는 일이 아니다. 뭣한 말로 도가 됐든 개가 됐든 일단 작가의 의도를 꿰뚫어 놓고 봐야 하는 것이라 오만 신경이 다 쓰인다. 수십 편 가운데 평할 작품을 엄선해야지, 정독하면서 밑바닥에 흐르는 주제를 짚어내면서 행간까지도 읽어야 한다. 대충 일별했다 빗나가 낭패 사는 것이 남의 작품을 해석하는 일이다.

　수필을 먼저 썼기 때문에 아무래도 수필 평이 부담이 덜한데 최근에는 시도 같이 하게 된다. 청탁 받아 수락하고 나면 사나흘을 끙끙 않는다. 작품의 흐름을 진맥하고 나면 바로 눈앞을 산처럼 막아 나서는 게 있다. 발문의 제목이다. 압박해 오는 수준이다. 이 경우, 어쨌든 작품 전체를 함축할 수 있는 표징적인 것이라야 한다. 함의含意로 짧게 담아낼 수 있는 어휘와 그것을 수식하는 구절을 조합한 단문구조의 탄생을 기다린다. 마당에 내렸다 옥상에 올라 산을 바라보다 등지고 서서 굽이치는 바다에 눈을 던지다 하늘을 우러른다. 생각이 막히고 갈증이 심할 때는 내게 남의 작품을 평할 그만한 재능이 있는가를 놓고 고민인들 왜 하지 않을까.

또 금기로 여기는 게 있다. 앞서 누구의 작품집에서 언급한 내용을 다시 써 먹어서도 안되는 게 이런 부류의 글이다. 작자에 대한 예의도 아니거니와 평자의 양식 문제다. 민감한 부분이다. 자기 작품에 대해 세심히, 깔끔하게 써 주었다는 걸 작품집을 내는 작자가 모를 리 없잖은가.

이상적으로는 내가 쓴 발문들이 제각기 전혀 다른 사람이 쓴 것같이 달라야 한다는 데 있다. 그러기 위해 앞에 쓴 발문은 들춰 보지 않는 게 습관이 돼 있다. 모방은 남의 것만 가지고 하는 게 아니다. 내 것에서도 끄집어내 재탕하고 복사하는 것도 모방일 텐데, 이것은 좋은 발문을 방해하는 악덕 훼방꾼이다.

동인 중 한 여류가 내 발문을 받고 눈물을 흘렸다는 메일을 받고 가슴 뭉클한 적이 있다. 자기 작품이 누구에게서 본격적으로 평을 받아 본 게 등단 후 처음이란다. 내가 쓴 발문 내용이나 문장보다 그 '처음'에 감격했을 것이다. "독자 몇이 선생님이 쓴 해설만 읽었답디다." 나를 은근히 부추기려 한 얘기겠지만, 듣기에 싫지 않다. 칭찬에는 나도 어지간히 춤을 추는 모양이다.

이런 메일을 남긴 여류가 있다. "내 글이 그처럼 황홀한 찬사를 받을 수 있다는 것에 놀라기도 했지만, 회장님의 쓰신 글과 제 글은 갭이 너무 많아 몸 둘 바를 모르겠고, 부끄럽습니다.

가려운 곳을 너무나 정확히 긁어 주셔서 시원도 하지만 오싹 소름도 돋는 것 같습니다. 그리고 발가벗은 것 같아 두렵기도 하고요.

회장님, 눈시울이 뜨거워지고 눈물이 자꾸 나려 하지만 그건 나중으로 미루겠습니다. 남편의 영전에 바치면서 소리 내어 울겠습니다." 한순간에 나도 가슴이 벌렁거렸다.

얼마 전, 한 원로문인에게서 발문 청탁을 받았다. 동시를 쓰면서 시조도 쓰는 분인데 학교 선배라 잠시 말을 끊었다 거두기로 했다. 더욱이 희수기념시조집이라지 않은가. 몇 날 며칠에 걸쳐 공들여 썼다. 분량이 많다고 글도 좋은 것은 아니나 정성을 기울이다 보면 무의식중 길어지기도 한다. 무려 A4 용지 15매가 됐다. 원고지로 90매 가까운 장문이다. 메일로 보냈더니 꼼꼼히 읽었다면서 하루 지나서 답이 왔다.

"발문을 받아 읽고 앉으니, 장문의 발문이 오히려 시향처럼 진한 여운으로 남습니다. 어쩌면 나의 분신과 같은 문장이 태어났는지 놀랍습니다. 인용시편 하나하나가 내가 공들여 쓴 것이기에 그렇습니다. 족집게 집듯이 잘도 찍었네요.

그중 저의 인상에 관한 것인데, '왕고집'입니다. 화자와 비슷하지만 당숙님처럼 왕고집은 아니라고 생각했는데 저의 캐릭터에 붙여 놓으니 저도 왕고집이었네요….”

발문이 좋아(?) 출판을 서울에서 해야겠다는 바람에 출판사까지 소개하게 됐다. 부부동반 저녁식사에 초청했으나 극구 사양했다. 원로문인이 흡족해 하면 그것으로 된 것이다. 저명한 평론가나 시인 작가를 밀어 놓고 무명인 내 발문을 받은 그분의 의중은 어디 있었을까.

몇몇 문인들이 책을 낼 때 발문을 받고 싶다고 말을 걸어온다. 이런저런 연으로 쉬이 거절하지 못한다.

이왕 쓸 것이면 좋은 글이 되게 평소 독서의 터수를 늘려 둬야겠다. 말했던 것을 중언부언하지 않기 위한 고육책이다. (2016)

자리

온라인에 뜬 그림 하나를 보고 있다.

통도사 수좌 성파 스님이 그린 연蓮 그림. 자그맣게 올린 것인데, 원색이 하도 선명해 꺼내 실경實景 그대로 작은 액자에 넣어 벽에 걸고 싶다. 멋대로 확대해 보니 속엣 움직임이 의식의 한 자락을 물고 늘어진다. 화승이 그림 속에 숨겨 놓은 오묘한 뜻이 녹아들면서 입안에 설설 침이 끓는다.

불가에서 연꽃은 깨달음을 상징한다. 초기경전 「스타니파타」에는 '진흙에 물들지 않는 연꽃과 같이'라 빗댄 구절도 있다.

"연꽃은 물속에 있어도 물에 젖지 않습니다. 우리의 자성自性도, 심성心性도 탁한 세상에 살지만 오염이 안돼야 합니다. 그걸 표현한 것이지요." 연을 그린 스님의 말이다.

얼른 수긍이 가지 않는다. 그림에는 연꽃만 있지 않다. 거무접접한 물속을 헤엄치는 물고기도 있다. 또 목을 길게 뽑아 올려 준수하게 생긴 연잎 하나, 옆에는 비슷한 높이로 올라와 비스듬히 무게를 가눈 연한 연밥 한 톨. 6월을 담았을까. 연잎이건 연밥이건 둘 다 평평 쏟아 낼 듯 초록이 싱그럽다. 연밥 위에 오도카니 물새 한 마리 앉았다. 날렵한 몸에 부리가 새빨간 녀석이다.

아뿔싸, 새란 녀석 연못 위에 뜬 빨간 물고기를 노려보고 있지 않나. 딱 한 마리. 겁 없이 떠다니는 저것, 새의 먹잇감이다. '깨달음'의 풍경에 연잎과 연밥이면 됐지, 그도 청개구리면 모를까 그림의 설계에 웬 물새의 내습인가. 먹고 먹히는, 부러 설정된 관계인가. 분명한 사실은 녀석이 물고기를 노리고 있다는 것. 녀석은 포식자다. 일촉즉발, 눈 깜빡할 사이에 낚아챌지도 모른다.

여기까지다. 화가는 짓궂게 그림의 상황을 다음으로까지 끌고 가며 상세화하지 않았다. 어떤 화의畵意인지 물고기를 향해 새의 시선이 살같이 달려가 꽂힌 데까지만 갔다. 긴장감이 고조에 달했다.

절집 연못일 텐데, 설령 잡아먹는 장면을 그렸다면 잔인할 뻔했다. 살생殺生으로 연못의 평화가 순식간에 깨어질 것 아닌가. 그래서일까. 화가는 지적의 둘 사이를 사정권에서 떨어져 있게 적당히 떼어 놓았다. 새가 포획하려 몸을 날리는 찰나, 잽싸게 물속으로 숨을 수 있는 시간과 거리의 상관관계를 계산에 넣은 것인지 모른다. 아마 그랬을 것이다.

그래도 잡아먹을까, 잡아먹힐까. 안전망이 없으니 컨트롤 타워도, 골든타임도 없다. 느닷없이 잡아먹힐 것이라는 쪽으로 기울며 더욱 팽팽한 위기감이 흐른다. 연은 연의 자리에 틀고 앉았고, 물고기는 물고기의 자리를 헤엄치는데, 새는 새의 자리에 앉아 먹잇감을 노려보고 있는 불안정한 구도 속, 지속되는 시간의 흐름의 의미는 무얼까.

용사혼잡龍蛇混雜. 세상에는 용도 있고 뱀도 있는 법이다. 하나만 혹은 혼자서 존재하도록 구조적으로 단순치 않은 게 세상이다. 실상 그대로 세상은 혼잡하다. 그러니까 부처와 중생이 공존하지 않나. 그게 세상이다. 우주다. 경계를 지우기 위해 삽짝 하나 낮은 바자울로 얼굴을 맞대고 있으니 한 세계다. 거기에는 성聖과 속俗이 있다. 극락과 사바가 본래 둘이 아닌 하나다.

문득 고려청자의 청색을 떠올린다. 현묘한 비색翡色은 본래의 빛으로 고려청자가 있게 한 자리에 앉아 오롯하다. 색으로 스며들 자리에 푸르게 물들어 눈 시리니 청자다. 무엇을 상징한 것일까. 하늘빛이다. 극락이다. 고려청자를 들여다보면, 국화도 없고, 돌멩이도 없다. 들짐승도 없다. 바로 그것이다. 세속이라면 그것들이 있을 게 아닌가. 왜 그럴까. 그야 청색이 하늘—극락이라 그런 것이다.

황폐한 땅에는 대신 구름이 있고 학이 산다. 그래서 운학雲鶴이다. 구름은 높고 먼 허공을 흐른다. 옛사람들은 학이 하늘을 가장 멀리 날아가는 새라 여겼다. 청잣빛은 극락인데, 그곳에 갈 수 있는 게 구름과 학뿐이었다. 피안은 경험하지 못한 곳으로 아득히 먼 서편 꽃밭이다. 고려청자가 무얼 그리고 있나. '불국토佛國土'다. 그 시대는 나라가 온통 불교문화였다.

내 자리는 어디였으며, 지금 나는 어느 자리에 있나.

몸담았던 교직은 한정된 공간이었다. 그럼에도 평생 앞만 보고 질주해 온 자리, 정년으로 내려놓았다. 이제는 글 몇 줄 쓰는 자리가 내게 주어진 선택의 마지막 자리다.

이곳서 나는 고려청자의 청색을 원치 않는다. 내 자리에는 국화가 없다. 구름도 학도 없다. 메마른 땅, 차안此岸에는 돌멩이만 나뒹굴고 먼지만 풀풀 날릴 뿐이다. 상상 속의 그림과는 다르다. 내게 주어진 공간은 붕 떠 있지도 않다. 엄연한, 현세의 자리다. 그게 내 뜻대로 되는 것이 아니니 주어진 대로 거둘 뿐이다.

성파 스님의 연 그림에 나오는 물고기를 노리는 물새가 언제든 내게 뛰어들지 말란 법이 없다. 하지만 어디서 나온 뒷심인지, 늙어 가는 사람 흔들어 혼쭐낼 그런 따위의 곤궁은 없으리라는 막연한 믿음이 내게 있다. 마음의 일, 모두 마음먹으면 하고자 한 대로 되는 일이다. 인간사 그러려니 한다.

종당에 내 엉덩이 하나 디밀 자리면 되겠다. (2017)

상재上梓

　노인 둘이 살며 공간을 쓸모 있게 쓰자는 바람에 내 서재가 그만 다용도실로 용도 변경됐다.

　서가는 그냥 둔 채 동창 앞 매화 피는 방으로 서안을 옮겼더니, 서너 해 새 책이 무더기로 쌓인다. 곳간이 따로 없다.

　경향 각지로부터 보내오는 책들, 자주 만나 낯익은 집배원이 문간에 나간 나를 보며 빙긋이 웃는다. 그의 손에 책 대여섯 권이 들려 있어 공연히 객쩍다.

　정기 간행물인 종합문예지거나 시인, 수필가들이 보내 준 작품집들이다. 이름이 좀 알려지면서 책들이 많이 오고, 오는 족족 빈 데를 보아 쌓아 놓는다. 그러고 보니 책에 둘러싸여 산다.

　그게 마음을 몹시 무겁게 하는 요즈음이다. 문제는 성의를 다해 배송해 온 책을 읽지 못하는 게 마음에 걸린다. 저자에게는 분신이나 다름없는 것들인데, 몇 장 넘기다 덮어 버리면 이건 책에 대한 예도가 아니다.

　보내는 이는 받아 읽고 소중히 간직해 달라고 '혜존惠存'이라 육필 사인까지 한 것인데, 이런 식으로 홀대하고 있으니 뜻밖의 이런 '춘사椿事'는 세상에 없는 일이다. 인생을 탐구한다고 진지한 표정으로 사는 문인으로서 있을 수 없는 일, 면구스럽기 이전에 무례한 노릇이다.

불현듯 바꿔 생각한다. 남들도 내가 보낸 책을 소홀히 대하고 있는 것은 아닐까. 고작 몇 장 넘기면 다행이고, 그러다 덮고는 어디 처박아 버리거나 아무렇게나 내팽개칠지도 모른다. 그런다면 이건 선순환구조가 아니다. 겉으로 인사치레나 하는 악순환, 책의 유통 구조에 끊어야 할 이상한 연결고리다.

책을 낼 때마다 자신을 돌아보며 생각에 잠기곤 한다. '왜 책을 내는가?' 우문인 것 같지만, 몇 번을 반복해 오는데도 마땅한 답을 내리지 못하고 있다. 여섯 번째 시집과 수필집을 내면서 가까스로 답을 내놓았다.

'그냥 내고 싶어서.'

등단 스무 해가 넘도록 시집 한 권 내지 않은 시인도 있다. 과작寡作하는데다 개성이나 취향이 그럴 것이다.

반대로 운문과 산문을 넘나들며 160권이 훨씬 넘는 책을 낸 시인도 있다. 전업 작가로 다작이라 가능한 일이지만 쉬운 일이 아니다. 수필가 중에도 50권이 넘는 책을 낸 이가 있으니 놀랍다. 그게 어떤 소재가 됐든, 작품이 어떻든 글을 쓰고 책을 내는 것은 뼈를 깎는 노역이라 경탄케 한다. 웬만한 열정으로는 어림없는 일이다.

나는 등단 스물다섯 해가 목전인데 고작 책 열서너 권을 냈다. 실은 몇 권을 냈느냐가 그다지 중요하지 않다. 얼마나 좋은 책이냐가 저술의 가치를 결정할 것은 말할 것이 없다.

좋은 책의 첫 번째 조건은, 책이라는 그릇에 좋은 작품을 담는 것이다. 좋은 작품이 없는데 책을 내는 것은 무모하고 또 허망한 일이다. 그것을 예술적 성취로 보기는 어렵다.

책을 내고 나면 매번 뒤끝이 개운치 않다. 예술이란, 완성이 가능한 것이 아니라 처음부터 기대하지 않지만, 완성에 닿으려는 미완의 가열한 몸짓이 책을 내는 그 일이 아닌가 한다. 완벽하게 하느라 하다 보아도 끝이 노상 엉성하니 성긴 틈으로 찬바람만 들락거린다. 좋은 책을 내려면 사소한 치다꺼리도 소홀함 없이 깔끔해야 한다. 쉬운 일이 아니다.

그럼에도 책을 내는 이유는 무엇인가. 한마디로 말해 인사유명人死遺名이 아닐까 한다. 사람은 바위에 제 이름을 새기려 한다. 인간의 본능이고 욕구다. 항간에 지천으로 세워 있는 비석에서 그런 인간의 본성을 읽는다. 절박한 소망이 오랜 풍상 속에 두텁게 돌 옷을 껴입고 있는 것을 보노라면, 인간사 처연하다는 생각이 들곤 한다.

오래지 않은 일이다. 글방 강의를 진행하며 인연이 됐던 H 씨를 잊지 못한다. 여든 전후에 수필로 등단했지만 그토록 원하던 수필집을 내지 못한 채 타계한 어른. 기어이 도진 위암이 그의 길을 막아섰다. 부군 평생의 소원을 풀어 드리려 살아생전의 글들을 모아 영전에 바친 유고 수필집 「여든에 맺은 열매」.

부인에게서 책을 받아든 순간, 애잔함에 숨이 꽉 막혀 왔다. 이승을 떠났지만 당신 이름으로 된 책을 받았으니 얼마나 기꺼워했을 것인가. 할 일 없이 무료할지도 모르는 그곳에서 소한消閑거리로 책을 받고 앉아 한 장씩 넘기며 회심의 미소를 짓고 있으리라.

책을 내는 것을 상재上梓라 한다. 옛날 가래나무가 판목으로 쓰이던 때, 글자를 거기다 새긴다 한데서 유래된 말이다. 가래나무는 거대하게 솟아오르는 교목인데 목질이 좋아 가구재나 조각재로 쓰인다. 지금은 질 좋은 종이에 인쇄해 책을 내는데, 가래나무가 아무리 좋다 한들 종이만한 재질이랴. 작가가 책을 내는 데 쓰는 종이는 최고급 상질이다. 판목에 한 자씩 새기던 상재의 뜻을 살리기 위해서라도 책에 역작을 올려야 마땅하다. 그것이 작가의 책무일 것이다.

쇠락한 몸을 이끌고 글방을 드나들며 책에 목말라 하다 세상을 떠난 H 씨. 마침내 내자의 손을 빌려 책 한 권 상재했으니 소원을 이룬 것 아닐까.

오늘이 글방에 나가는 날이다. 그 어른이 유고집을 펴고 앉아 밝게 웃고 있을 것만 같다. (2016)

아버지로 완성되고 싶다

불출이란 말은 듣기에 썩 좋은 말이 아니다. 수준이 지나치면 정체성에 문제가 있는 사람으로 눈총을 받을 수도 있다. 처자식 자랑하는 사람을 일러 팔불출이라 하는 경우다. 그럼에도 십상 도를 넘어 때로는 수다로 얼버무리기도 한다.

나이 든 사람들이 모이면 빠지지 않고 하는 말, 특히 노인들이 빼놓지 못하는 단골 메뉴가 자식 자랑이다. 은근히 에둘러 하는 화법은 그런대로 넘어갈 만한데, 대놓을 때는 낯 뜨겁다. 오죽 얘깃거리가 없었으면 저러랴 싶어 눈 감아 버리면 그만이나 심할 때는 민망하다.

제 자식 잘나간다고 눈꼬리 치뜨고 잔뜩 목에 힘주며 어깨 으쓱 으스댈 때는 얼굴을 다시 한 번 쳐다보게 된다. 그런 사람에게 공통점이 있다. 상대의 눈길이나 표정 따위엔 아랑곳하지 않는 것이다. 그런다고 뭐라 할 것인가. 하염없이 웃어넘기는 것이 상책이다.

자신을 돌아보게 된다. 남의 눈에 비친 내 모습은 어떤가. 나 또한 크게 다르지 않은 것 같으니 딱한 노릇이다.

이제 나이 들어 분별을 잃는가. 얼마 전, 글방에 강의 나갔다 뜻하지 않게 기어이 그런 대열에 끼어들어 있는 나를 발견하고 놀랐다.

강의를 끝내고 자리를 뜨려던 참이었다. 한 분이 "선생님, 그 가방

참 좋습니다. 아들이 사 주었군요." 하자 여럿의 눈길이 일시에 내가 어깨에 멘 가방으로 쏠린다. "아, 그래요. 아들이 사 준 거예요. 책 몇 권 넣고 다니니 참 좋군요." 옆에서 또 한 사람이 거든다. "그 의사하는 작은아들이 사 주었군요." 그 말에 "그래요." 했다. 작은아들이 의사라는 것까지 이미 흘러가 풍겨 나오는 자식 자랑의 여운.

먼저 늘어놓은 것은 아니나 자식 자랑을 한 것이 돼 버렸다. 그것도 아들 둘인 사람이 작은아들에 치우쳤다. 대놓고 한 것이 아니라도 말을 걸어오는 사람 얘기에 맞장으로 호응했으니 자식 자랑을 한 셈이다. 순간, 직장 일로 어려움을 겪고 있는 큰아들 생각에 머쓱했다. 그날 집에 온 작은아들에게 가방을 보며 했던 글방 사람들 얘기를 따다 바쳤으니 마음이 더 무거웠다. 말이 정도를 넘으면 턱없이 무게를 느낀다. 나이 든 사람에게 편중은 나이를 잊은 범실이란 생각이 들었다.

아들과의 대화에서 나를 내세우는 수가 종종 있다. 쉰이 목전인 두 아들이 어른이 돼 있는 것을 가마득히 잊은 데서 나온 일방통행이다. 심할 때는 내색하지 않을 뿐 아들들이 받아들이기가 곤혹스러울지도 모른다. 내가 저들을 키울 때만 생각했지, 저들 키우던 내 나이를 훨씬 더 먹어 버린 것은 안중에 없으니 문제다. 일흔이 깊어서야 인생에 눈을 뜨려는지 앞뒤를 재고 좌우를 짚어 보게 된다.

이제 내가 아들들에게 줄 수 있는 것은 없다. 물질적인 재산도 없거니와 정신적으로 거들 지적인 자산도 바닥난 지 오래다. 도와 줄 것이 없으니 홀가분하기도 하지만 한편 허전하기도 하다. 이 지점에서 아버지의 위상이 흔들리는 것은 아닌가 하고 의구심을 갖게 되는 것은 아닌지 모른다. 요즘 꽤 신경이 쓰이는 일이 됐다. 내게 한 조각 철학이 있다면, 그 만한 터수에서 아들들과의 관계 재정립을 위한 현명한 지혜로 내놓고 싶은 심정이다.

어려운 일이지만, 무기력한 아버지, 아무런 영향력도 없는 노쇠한 한 노인에 불과한 힘없는 아버지의 모습을 보이고 싶지 않다. 이게 갈등의 골을 파는지 아들들을 떠올릴 때마다 이전같이 예사롭지 않다. 이러다 아들들과의 관계가 무겁고 어두운 것이 돼 버리지는 않는지 걱정이다. 어떻게든 그렇게 되는 일은 없어야 한다.

아들들에게는 며느리와 아이들의 가정이 있다. 커 올 때처럼 '하라' '하자' 식으로 단순히 혹은 단선적으로 몰아붙여 될 일은 하나도 없다. 무턱대고 해서도 안되거니와 아내와 나를 중심에 놓고 생각해서도 안되는 구도로 짜여 있다. 두 아들과 우리 내외는 이제 한 가족이면서 세 가정이라는 틀로 구조화해 있다는 사실의 인식에서 이런저런 접근과 해법이 나와야 한다.

내 뜻 같지 않다고 들고 나서서도 안될 것이고, 마음대로 하고 있느냐고 지청구해 무안을 주어서도 안된다. 나보다 세상물정에 밝고 나보다 많은 지식과 정보를 갖고 있는 아들들이니, 이쯤에서 한 발짝 뒤로 물러서야 할 때라는 생각이다.

아들에게 아버지는 한 그루 나무다. 언제나 그 자리에서 말없는 사랑의 그늘을 드리워야 한다. 계절이 지나고 강풍에 잎이 지고 가지가 꺾여 나가도 그루터기에 남아 조용히 아들들을 지켜보며 두 손 모으는 아버지.

이제, 아들이 하는 일에 고개 끄덕여 주는 수긍과 공감의 자락에 나앉아 아버지로 완성되고 싶다. (2016)

주말

　일 년을 열두 달, 한 달을 네 주 단위로 나눈 것은 시간의 절묘한 분할이다. 주춤거릴 줄 모르고 억만 겁으로 치닫는, 연속되는 시간의 흐름에 변화를 주기 위한 인위적 장치란 생각이 든다. 하루를 오전 오후로 나눈 것도 한가지다. 시간이라는 흐름 속에서 삶의 리듬을 살리려는 경험칙의 작용이라 할 만하다. 사람들은 하루 세 끼를 찾아먹으며 시간에 탄력을 보탠다.

　시간에 이런 구분이 없었다면 앞뒤를 분간하지 못한 채 도도한 흐름 속에 갇혀 무감각해지거나 무분별에 빠져들고 말지 모른다. 경우에 따라선 과거 현재 미래의 기준도 지워져 뒤죽박죽 매몰될 수도 있을 것이다. 버려진 시간과 맞이하고 있는 시간, 다가올 시간의 경계에서 서성이기도 하지만 과거를 지나왔고 현재를 살며 미래를 꿈꾼다. 묵은 것과 새 것의 교체, 흘러간 것과 흐르고 있는 것의 순환에서 지혜가 싹텄을 것을 우리는 안다.

　뭉텅뭉텅 잘라 가며 시간을 재단했던 어떤 손, 그는 시간을 크고 작은 단위로 나누면서 그때마다 정서적 파장이 따를 것을 예견했을까. 한 해가 저물 때 달력의 마지막 장을 넘기며 씁쓸한 웃음을 머금게 된다든지, 혹은 저무는 그믐날의 소조蕭條한 풍경이 쓸쓸해 먼 데로 눈길을 보낸다든지 하는 소소한 감정의 뒤척임, 그 뒤의 가슴 두근거림….

회상에 잠길 때가 늘어 간다. 아스라이 칠십 년이라는 삶이 굽이치며 흘러 온 시간의 뒤꼍에 눈이 가 있다. 해마다 맞이하고 떠나보낸 사계 속 봄, 여름, 가을, 겨울의 파노라마. 회상 속을 흘러 온 아직도 그 흐름 속에 있는 숱한 일들이며 이야기들의 기승전결. 많은 일들이, 이야기들이 아직 결말에 이르지 못한 채 미완의 계단에 앉아 있다. 멀리서 오는 빛을 향해 조금 초조한 눈빛, 설레는 표정이다. 해설핏한 즈음인데, 나는 언제 완성되는가.

나이 듦이 때로는 자신을 곤혹스럽게 한다. 잃어버린 시간은 놓아버린 것인데도 인정하지 않으려는 노욕, 그것이 일그러뜨리는 삶은 애틋함을 넘어 조잡하다. 순리대로 살기 위해 종교를 찾고 그것에 심신을 기대려는 것이다. 오랜 시간을 종교 없이 살아왔으면 스스로 사는 방식에 익숙할 수 있어야 한다. 눈앞으로 가야 할 길이 놓일 것이면, 그 길을 걸으면 된다. 이제 무얼 새로 시작하거나 더하려는 것은 어불성설이다. 속박하지 말고 방임해야 할 나이다. 노욕을 지나 노회老獪에 이르면 추하다.

바깥나들이가 뜸한 요즘이다. 만남이 없다는 것은 관계가 성기다는 것 이상의 의미다. 거래의 해지, 그것은 고립하는 것이다. 섬으로 사는 것으로 그런 삶은 정도 이상 외롭다. 위리안치圍籬安置는 추사의 삶이었다. 사철 파돗소리에 에워싸여 산다는 게 보통사람이 감당할 수 있는 삶인가. 그런 단절, 그런 고독이야말로 존재를 무너뜨려 사람을 한없이 허망하게 할 것이다. 망망한 대해의 한 점으로 떠 있는 섬은 너무 적막하다.

기다리던 주말인데 이제는 기다려지지 않는다. 일에서 밀려난다는 것은 시간에서도 밀린다는 뜻이다. 그날이 그날이고 그 요일이 거기서 거기다. 일에 치여 고단한 몸을 쉬기 위해 찾는 시간이 아닌 탓일까. 주말이라는 말이 실감나지 않는다. 언제부터인가 월·화·수·목·금이나 토·일이 다르다는 느낌이 사라져 버리면서 각각이 별반 다르지 않다. 요일이 빛깔을 잃어 애초의 꼴, 원래의 모습이 아니다.

문득 주말이면 습관처럼 전화를 기다린다. 누군가 내게 전화 한 통할 것이라는 막연한 기대, 기다림. 조금씩 전화 소리가 멀어지더니 근래엔 좀처럼 터지지 않는다. 핸드폰을 손안에 들고 앉으면서 공연히 어정뜨고 있다. 전화를 걸어올지 모르는 몇몇 얼굴들을 떠올린다. 전화가 없다. 바쁜 모양이다. 간간이 그들의 속사정을 들여다보면 다들 바쁘게 살고 있다. 바쁜 사람들 틈에 나 혼자 한가하다.

핸드폰을 밀어 두고 나를 겹겹이 싸고도는 고독에 대해 생각한다. 이마적에 이르러 구애 받지 않아도 되는 것 아닐까. 나이 들면 어차피 혼자다. 나는 지금 혼자가 되는 길목에 쭈그리고 앉아 외로워하고 있는지 모른다.

인생을 사는 수순이라면 마땅히 거둬들여야 할 것이다. 전화 없는 이런 주말이 낯설지만 시나브로 길들어 갈 것이다. 견디기 어려운 날엔 내가 누군가에게 전화를 걸면 된다.

다만 그때그때 임시방편으로 해소되는 고독은 종국에 나를 더욱 옥죄어 올지도 모른다. 무심히 사는 방식에 길들여지고 싶다. (2016)

비산 飛散

늦가을 해 설핏하다. 언덕마루를 내려 마을 어귀로 들어선 산그늘이 제 키를 늘리며 산 그림자가 길다.

노인시설일까. 시간의 더께 닥지닥지 눌어붙은 퇴락한 담장 옆에 등 구부정한 노인이 긴 빗자루를 세운 채 먼 데로 눈을 보내고 있다. 길 건너 가족으로 보이는 서넛이 뒤돌아보며 손 흔들다 주춤거리는데, 단숨에 멀어져 간다.

드라마의 라스트신. 다음 프로로 넘어가려 자막이 잠수하듯 아래로 숨는다. 짐작에 단막극일 것인데, 가족들이 노인을 면회하러 왔다 헤어지는 장면으로 보인다. 노인은 이따금 해 오는 빗질이라 장비를 들고 섰을 것이다. 떨어지지 않는 더딘 걸음 쪽에 가 있던 내 눈이 이내 노인에게로 옮아 꼼짝없이 멎는다. 산 그림자에 기대 선 굽은 등이 청승맞다.

'오랜만에 가족들을 만났다 도로 혼자되는구나.'

무슨 의식처럼 노인 위로 늙은 은행나무가 떽떼구루루 잎들을 내려놓고 있다. 수수만만의 잎이다. 때 이른 하늬에 잎이 떼거리로 흩날린다. 간댕간댕 지는 잎들의 역동적 춤사위에 상관없이, 노인의 눈이 한 발 앞서 잎이 쌓인 땅위를 서성인다. 떠나는 이들에게서 지레 눈길을 거둬 버린 걸까. 꺼져 버리는 화면을 되감기해 클로즈업할 수는 없다. 낯붉히며 백태 낀 눈이 그렁해 있을지도 모른다.

나는 전혀 무관한 사람들의, 애진즉 첫머리도, 흐름도, 결말도 알지 못하는 드라마의 마지막 장면을 만지작거리고 있을 뿐이다. 우연찮게 맞아 떨어진 몇 십 초 스치는 눈짓 같은 짧은 만남….

자막이 지워지면서 금세 먼 데로 떠나는 이들이 사라졌고, 갑자기 노인이 큰 동작으로 움직인다. 손에 잡고 있던 장비로 노란 은행잎을 비질하기 시작이다. 무얼 쓸어 버리려는 심사인가. 무덕무덕 내려덮인 은행잎이 헌걸찬 비질에 어질러지더니, 진 잎 위로 떼 지어 내리는 잎이 뒤섞이며 난장이다. 노인의 머릿속이 저러할까. 가족이 눈에서 벗어나던 순간, 심서心緖 얼크러져 뒤죽박죽이 됐을지 모른다.

이별은 공허를 넘어 물리적인 격절隔絶로 사이를 갈라놓는 확연한 분리다. 범위를 이탈하며 소실하는 소소한 것마저 슬프다. 강요된 기다림, 다시 만날 수 있을 때를 뛰어넘어야 하는 인내는 사람을 지루하고 지치게 한다.

분명하다. 노인은 조금 전 가족들과 헤어졌다. 사람이 찾아왔다 떠나간 시간은 적막할 터라 몹시 곤혹스러울 것이다. 번번이 겪는 일이지만 매번 혼자는 낯설고 꺼칠한 것, 타협을 모르는 감정의 헝클린 타래 같은 것이다. 해거름, 노인의 어깨 위로 흩날리는 은행잎들이 여린 햇살 아래 처연하다.

문득 서대문에서 마포구 합정동으로 가던 길, 회상의 공간 속으로 은행잎이 흩날린다. 30년 전 나는 그때, 서대문의 한 단과학원에 출강하고 있었다. 급성 폐결핵을 구완하기 위해 일주일이면 두 번 호흡기전문의를 찾았고, 헐근거리며 내쉬는 밭은 숨결과 흐릿한 눈으로 들어오던 도시의 을씨년스러운 가을 하오, 낙엽이 순금 빛으로 그렇게 고운 것은 처음 보았다.

계절이 잎으로 찬연히 노랄 수 있다는 것에 충분히 놀랐다. '아, 저런 가을빛을 곁에 오래 두고 싶다. 병을 걷어내야지.' 주르륵 두어 줄기 뜨거운 것이 마른 뺨 위로 선명한 금을 그었다. 내 눈 속으로 티끌 하나 없이 파란 서울의 가을 하늘이 사분사분 걸어 들어왔다. 반년 뒤, 나는 말끔히 폐를 복원해 있었다. 포도를 뒤덮어, 다리 뻗고 벌렁 드러눕고 싶게 곱던 도심 속의 노란 은행잎….

나는 장수에 그다지 집착하지 않는다. 머잖아 눈앞으로 다가올 망백望百이라는 숫자는 내게 생경하다. 그 수壽를 누리지 않겠다는 것이 아니다. 순전히 나를 주체하지 못하게 할 늙음의 자의적 행태 때문이다. 가족도 몰라보게 어벙해 있을 흐린 눈의 초점, 머리와 가슴이 따로 놀아 조음調音조차 어눌하게 될 말, 피둥피둥 쓸모없이 지방을 축적해 놓고 영혼이 서둘러 떠나 버릴 육신, 너와 나와 그 사이, 이미 해지돼 있을 관계의 소원함….

그런다면 장수는 막막한 것으로 별 뜻이 없을 것이고, 그것은 사람을 곤고하게 하는 데 이골 난 심술퉁이다. 나도 고집을 세워 그에게 화해의 손을 내밀면서까지 연연하려 않을 것이다.

내 몸을, 잠시라도 집이 아닌 딴 곳에 두고 싶지 않다. 유폐됐다가 오랜 만에 찾아온 가족들과 한두 시간 만남을 기뻐하다 갈라설 때,

그 이별의 무게를 견뎌낼 자신이 내게 없을 것을 잘 안다. 나이 들면서 감정 선이 팽팽히 당겨져 조그만 자극에도 딩 하고 울어 버린다. 슬플 만큼 슬퍼야 기지개켜며 뒤척이는 울대….

딴 것은 챙기지 못하면서도 이쪽엔 민감하다. 걷기운동하고 돌아오면 마당에서 민소매 바람에 아령을 들고 있다. 스무 해가 더된 일이다. 비 날씨에도, 눈바람에도 쉬지 않는다. 거기다 나름 두뇌를 맑게 하려 매진하는 글쓰기. 수필과 시를 드나들며 사유에 가라앉고 어휘 하나를 찾아 뒤적이다 먼 여로를 들락거린다. 뇌의 쇠락을 유보하려는 강고한 믿음과 각고면려의 실천이 아직 내게 있다.

정원 남쪽 모퉁이 꽃단풍나무가 12월의 삭풍 앞에 고엽을 매단 채 바스락거린다. 웬지 귀 거슬리다. 질 때를 알아 질 일이지 웬 집착인가. 바람이 해살 놓고 가는 바싹 마른 소리는 이미 소음이다.

잎도 때를 알아 진다. 잎이 진 자리로 봄이 온다. 일찌감치 흩날리며 뿌리로 내리는 은행잎은 눈부시다. 허공을 만지작거리는 잎들의 춤사위. 사람도 종당엔 깔축없이 지수화풍地水火風으로 비산飛散할지라.

먼 데서 노인의 비질 소리가 귓전이다. 쓱 · 싹 · 쓱 · 싹. (2016)

그런 삶 이런 삶

이따금 이런 질문을 던진다.

'나는 쓰는가. 무엇을, 어떻게, 왜 쓰는가.'

대답을 망설이다 허공만 쳐다본다. 구름 없는 가을하늘이 질펀하다. 텅 빈 벽공이 저만치 달아나다 걸렸고 새 한 마리 팔랑거리며 날고 있을 뿐, 적막 공활하다. 눈을 거둬 나무들에 시선을 보낸다. 11월의 나무들은 거지반 잎을 내려놓았거나 시들어 고엽이 돼 간다. 미풍에도 바스락바스락 마른 소리를 낸다. 그 소리 처연하니 눈 떼고 귀도 닫아 버린다.

안으로 들어오던 가을이 멈칫한다. 사철 중 가장 청명하니, 맑은 머릿속에 사상事象을 담고 그것들 목소리를 심층 밑바닥에서 들을 수 있는 시절이다. 눈 감고도 느끼고 귀 닫아도 올 것은 올 만큼 오는, 가을은 확 열린 감성의 통로다. 그것들은 나를 는개처럼 습윤하게 감싸면서 쓰도록 몰고 간다. 누가 닦달하거나 달래지 않는데도 가을 속으로 들어가 있는 자신을 발견해 놀라곤 한다.

시가 됐든 수필이 됐든 나는 쓰려 하고 있고 실제 쓰고 있다. 쓰는 게 한계를 드러내 대상의 한 모서리나 만지작거리고 있을지 모른다. 변죽을 울리는 데 급급해 있어 소박하기만 할지도 모른다. 그래도 쓴다. 깊지 못하고 더 나아가는 것 같지 않아도 쓴다. 쓸수록 쓰는 것에 붙들리니 알 수 없는 노릇이다.

소설을 하는 이들처럼 한 시대를 관류하는 사실을 한 테두리에 가둬 도도한 문체로 조명하는 것도, 유명 시인처럼 한순간을 폭풍 같은 에너지로 영탄하는 재능을 갖고 있는 것도 아니면서 책상에 쭈그리고 앉는다. 고쳐지지 않는 이 고질적 습벽에 온당한 처방이 없으니 스스로 민망하다.

수필을 썼다 지웠다 하다 폴더에 꾸역꾸역 재어 넣는다. 시는 길목에 나가 오기를 눈이 빠지게 기다려 백지에 받아써 그 옆방에다 가둔다. 둘 다 방사하는 게 아닌, 유폐다. 바람 안 들고 햇살 안 내리는 비좁고 어둑한 공간에다 봉쇄하는 것이다. 일방적 감금이다.

평안한지 안부 궁금해 오며가며 간간이 문을 열고 들여다볼 때가 있다. 오랜 만의 조우에 낯 뜨거워 얼른 문을 닫아 버리고 만다. 과년한 것들을 음습한 곳에 방치해 뒀으니 몰염치한 터라 면구스럽다.

책을 내야 하는데 그 일이 쉽지 않다. 현직에서 나온 지 십 년이 넘었다. 돈이 있어야 마음먹은 대로 되는 일이 아닌가. 미지근 털털하지만, 그동안 열서너 권의 작품집에 쏟아 부은 열량이란 게 다 내게서 빼앗아간 것이 아닌가. 그렇다고 나약한 몰골을 보이고 싶진 않지만 역시 돈이 없으면 미치지 못한다. 때를 기다리고 있다.

거치적거려 주춤하다가도 쓴다. 동전 한 닢 굴러들어오지 않는 일이지만, 쓰고 싶어 쓴다. 나이 들면서 더욱 쓰게 되는 게, 쓰지 않으면 멈칫멈칫 시간이 가지 않아 못 견디게 고적하니 쓰게 된다. 재능이 모자라니 전력투구해 제대로 쓰는 수준까지 간다고 자신을 닦달하다 이젠 그것도 임계점에 이른 양하다. 지금, 내가 글을 잘 쓸 수 있다는 허약한 믿음과의 한바탕 싸움을 벌이는 중인지도 모르겠다.

얼마 전, 어느 책에서 만난 토마스 만의 일과표가 생각난다.

"오전 8시에 눈을 떠 가볍게 목욕을 한 뒤, 아침을 먹는다. 넥타이까지 단정하게 맨 정정차림으로 정각 9시에 서재로 들어가 점심때까지 3시간 동안 집필에 몰두한다. 스무 살 때부터 세상을 떠날 때까지 60년 간, 이러한 일과를 반복했다."

넥타이 차림이라니. 창작도 의전인가. 충격이었다. 니체와 바그너와 쇼펜하우어가 결정적 체험이었다는 작가 토마스 만. 그 시대의 가장 위대한 시민적 작가, 위대한 비판적 리얼리스트, 동시대 사회의 위대한 교사였던 그. 그런 일과표에 자신을 가둔 그에게 친교는 없었다. 그렇게 창작에 매몰된 사람에게 친구가 생길 리 만무했다.

그런 삶이 글로 전이된 걸까. 건조체·만연체인데다 내용 또한 중의적 의미를 띤 그의 소설은 간결한 문장으로 끝나는 법이 좀체 없었다. 재미까지 없어 아쉽게도 독자층을 확보하지 못했다. 해박한 지식에 보통의 독자는 기가 눌리고 만 것이다. 문학의 본령本領이 그러해 그가 그러했는가. 그런 그가 노벨문학상을 받았다.

내게는 수능을 앞에 둔 고3생 같은 일과표가 물론 없다. 밤 9시에 취침해 새벽 3시에 일어나 책상머리에 앉아 무얼 읽거나 끼적이고 있을 뿐이다. 무슨 대단한 노역에 몸을 놓고 있는 것이 아니다. 또 그래서 얻어 내고 있는 문학적 성과 또한 별반 이렇다 할 것이 없다. 좀

얼씬거리면서도 아주 담박한 그런 처지다. 대가에게 눌려 주눅 들어서가 아니다. 솔직해지고 싶다. 내 경우는 시쳇말로 뭘 쓴답시고 폼 잡고 앉아 있는 것에 불과하다.

이렇게 갈 수밖에 달리 수가 없다. 내가 이곳에 머물 수 있는 시간이 언제일지 알 수 없지만 끝까지 글에서 떠나지 못할 것 같다. 토마스 만, 위대한 작가, 흠모할 만큼 그런 삶이 경이로울 뿐, 그를 흉내 내려 않는다. 궤적으로 남고 싶지만 그것은 욕심일 뿐, 이런 삶도 사는 것이다.

쓰는 게 즐겁다. 그래서 쓸 뿐 너주레한 공상 따위는 일절 없다. 다만, 책 몇 권 더 낸다는 궁리는 버리지 못한 채 살고 있다. (2017)

관음사 영락원

죽음은 자연의 이법을 따라 멸하는 것.

얼굴을 잃고 말과 웃음을 잃고 이웃을, 만남의 기쁨을 잃고 인연의 고단한 삶도 내려놓는다. 사람 사는 사회를 등지면 오래고 견고한 관계와의 영원한 단절이다. 시간에서 이탈해 몸도 공간 이동으로 저 세상에 든다.

돌아오지 못하는 길이므로 엄수하는 장례, 세상과 영결하는 마지막 의식이 장엄하다.

나는 이 나이를 살면서 가까운 사람들과 셀 수 없이 많은 이별을 겪었다. 그때마다 세상을 등진 수많은 사람들을 다시 만나지 못하는 존재의 완전한 무화, 육체의 소멸이 두려웠다. 두려움은 때로, 음습한 의식 속에 나를 밀폐해 놓고 순간순간 옥죄었고, 지금도 현재진행 시제로 흐른다.

죽음은 밝음과 어둠, 두 얼굴을 지녔다. 밤이 지나 아침이 오면 빛 앞에 제 그림자를 가뭇없이 지운다. 가령 간밤에 최후의 단안을 내렸다가도 가마득히 잊고 세상 속으로 들어선다. 무덤덤하다. 이렇게 평상으로 돌아오는 것은 신기한 일이다. 내 표정, 내 일, 내 언행 어디에도 간밤 지근거리던 공포의 흔적은 없다.

좀 허약하지만 나는 영혼의 실재를 받아들이는 데 긍정적이다. 막연하나, 몸은 사라져도 영혼은 남을 거라는 믿음, 육신은 잠시 머무는 영혼의 임시거처일 뿐이라는 믿음을 수용하려 한다. 때로는 과학의 선언에 길항하다 주저앉기는 해도 그게 의식의 근원을 흔들지는 못한다. 종교의 문을 들락거리며 구원의 손길을 갈구하려고도 않는다. 그러다 인생무상에 허우적거리는 건 또 무언지, 자가당착에 자신이 어이없어 하는 대목이다.

이따금 자신에게 어려운 질문 하나를 던진다. '나는 지금, 영혼에 대한 믿음의 어느 지점을 헤매고 있나.' 답이 없다.

미뤄 온 숙제가 있다. 11월 하순, 두 아들과 내외가 한라산 고찰 관음사를 찾았다. 발길이 이른 곳은 거기 들어선 영가들의 안식처 영락원. 늦가을 해 설핏할 무렵, 쏴아 천년 숲의 숨소리로 오는 소슬바람에 사방을 둘러본다. 눈길 이르는 데마다 낙엽으로 수북하다. 까르르 까르르 상수리나무 빈가지에 우는 까마귀 울음이 돋워 내는 늦가을 산사의 적요.

팸플릿에 나온 몇몇 구절에 눈이 가 있다. '국립공원 한라산 영봉 아래 영혼이 쉬는 집', '세상에서 가장 평화로운 집'을 훑고 나자 눈을 꽉 붙드는 말, '보내는 분의 마음이 편안합니다', '가시는 분의 발걸음이 가볍습니다'.

절이라지만 팔고 사는 관계는 엄연한 것이어서 마음속으로 헤어 본다. 과연 그럴까. 보내면서 편안할까, 가면서 가벼울까. 더러는 문법이 바뀐다. 윗대를 모셔야 하니 '보내다'의 주체가 내가 되고, '가시다'의 주체는 선망영가님들이다. 또 있다. 두 아들이 "아버지 어머니 자리도 함께 마련하겠습니다." 하니, 그러면 걔네들이 '보내는' 사람이고, 우리 내외가 '가는' 사람이 된다.

들른 곳은 신축해 내부가 층층 칸칸이 깔끔하다. 유골을 봉안하고 있는데, 아파트 '모델하우스'완 달리 실제였다. 속엣 함과 위패가 밖으로 환히 드러나 있다. 항아리도 보이고 상자도 보인다.

안내하는 이가 말한다. "진공 포장됩니다."

'저 속에 들어가, 저렇게 되는구나. 숨 쉴 공기도 없구나.' 순간, 가슴에 잠시 파문이 인다. 큰아들이 뒤에서 두 팔로 나를 가볍게 싸안더니 그 큰 손이 어느새 내 얼굴을 한 번 쓸어내린다. 무슨 생각을 했을까, 무슨 의미일까. 객쩍게 웃었다.

영구라 했다. 좌와기거란 게 없다. 한 번 들면 저렇게 갇혀 영원히 잠에 떨어져야 한다. 가로 세 뼘, 세로 뼘 반, 저 좁디좁은 곽 속에서 잠이 올까. 상하 좌우로 잇달아 도열한 메커니즘의 행렬….

봉분을 이룰 때 몇 평을 말하지, 이곳에선 그런 건 계량할 게 못됐다. 요즘엔 망자의 공간이 최대한 요약되고 압축돼 간다. 몇 평 무덤을 들먹거리다 영면으로 널 곳은 이렇게 된 이런 곳이다, 이런 것이다.

밖으로 나온다. 그새 낮게 내린 하늘이 *끄느름*한데, 예불인가. 지척의 불당에서 목탁 두드리는 소리가 저녁 산을 깨운다. 왜일까. 갑자기 속이 갑갑하더니 가슴이 울렁거린다.

별안간에 시가 내리매 수첩에 받아쓰기했다.

동짓달/ 관음사 영락원/ 천년 숲/ 낙엽 수북한데

산자락이 조금 먼가/ 오가는/ 발길 뜸하네

까르르 까르르/ 산까마귀 울음 뒤로 내리는

늦가을 산사의 적요/ 윗대 뫼시고/ 발치에/ 우리 내외도 한자리

하자 해

온 길/ 조손이 나란히 누우면/ 영면해 좋을 것이네

산사/ 조석 염불에/ 목탁소리/ 맑아

(졸시 〈관음사 영락원〉 전문)

마음 정했다.

내 마지막 주소가 될 곳, 관음사 영락원. 지나는 바람 탓인지 돌아서는 걸음이 휘청한다. 고지대에 다녀와서인가. 밤 이슥한데 좀체 않던 멀미기에 정신이 없다.

눈 말똥해 잠이 오지 않는 이상한 밤이다. (2017)

3.

기계치

초등학교 때 미술시간은 내게 절반이었다. 그리는 것은 선과 색이 좋았는데 공작은 싫었다. 비행기와 배를 접은 뒤 바지저고리와 학은 번번이 그르쳤다. 모형 따위는 더 범벅이었다. 그 후로, 그런 만드는 것들이 안됐다. 못한 건지 모른다. 못질까지도 별로다. 운전을 이틀 배우다 그만 뒀다. 자동차 운전이 싫었다. 평생 핸들을 잡아 본 적이 없다. 주위에선 내가 운동신경이 무디다 했다. 기계치란 말과 다른 말이 아니다. 목전의 일에 예민한 편인 내겐 상관없는 소리였다. 이따금 찻길에서 버스 기다리는 시간이 질리긴 해도 큰 차를 타고 다니는 관록이 묵직해선지 갈수록 마음이 편하다. 이젠 나이 들었다고 교통복지카드를 주며 무임으로 타고 다니란다. 좋은 세상을 만나 행복하다. 가령 내가 기계치여도 전혀 아무렇지도 않다. 곰곰 생각해 보니 지금 꽤 건강한 게 손과 발을 많이 써서 그런 것 같다. 기계는 편리하나, 평생 불편해도 대신 얻은 소득이 있었다. (2017)

발견 두 가지

하나_

관절이 없다

마당을 거닐다 무릎이 아려 편편한 돌 위에 걸터앉았다. 눈앞에 소나무가 꼿꼿이 서 있다. 첫여름 속으로 싱그럽다. 오랜만에 눈을 맞춘다. 늘 그렇듯 무덤덤한 표정이다. 언뜻 너나없이 두루 좋은 무골호인 같다. 나더러 낯 찡그리지 마라 한다. 잠시 턱 괴고 생각에 잠긴다. 무릎을 쳤다. '아, 그렇구나. 나무에겐 관절이 없구나.'

나무는 여기 저기 나댈 일이 없으니 관절이 없어도 된다. 무릎 없는 외줄기 등뼈의 단단한 강골. 고장 날 일이 없다. 나무는 관절염 따위 병치레를 모른다. 분수를 알아 평생 자리를 지킨다.

부끄럽다. 무릎관절이 있다고 잰 체 쏘다니다 때 묻어 통속에 갇히고, 내 본성 하나 지켜내지 못해 늘그막에 너덜거리는 구차한 남루.

나무엔 관절이 없다. 허무의 근원은 관절이었다.

둘_

나무가 소리를 낸다

연둣빛이 곱다. 순일한 빛깔이다. 늙은 동백나무의 신록은 연둣빛으로 한세상이다.

이파리 끝에 홍옥만한 물방울 하나 매달렸다. 간밤 내린 이슬의 결로結露로 보아 넘기려는데, 머릿속이 번다하다. 아니라는 것이다. 가물에 비가 내릴 징후라던 어느 내명內明한 이의 얘기가 문득 떠올랐다. 찌릿 몸으로 전율이 온다.

그래서인가. 동백나무에게 웬 간곡한 원이 있어 보인다. 잎들이 살랑거린다. 바람이 스치는 소리가 아니다. 나무가 연둣빛 이파리 새로 간극을 냈고, 그 간극을 지날 때마다 소리를 내고 있다. 소리를 지르고 있다. 나무가 소리를 낸다.

웬일일까. 나이 들어 가는귀먹었는데 나무가 내는 소리가 내게 오다니. 갑자기 득도했나. 들리는 소리가 안 들리더니 안 들리던 소리가 들린다.

이파리에 매달린 물방울과 무슨 상관이 있을 듯한데, 그건 모르겠다.

버리기

쉬이 버리지 못한다. 가난이 혹독했던 1940년대 출생의 공통점일까. 꼭 그렇지도 않을 것이다. 시대적 환경에다 개인적인 성장 배경이 요인으로 작용한 탓이 있어 보인다. 내 출생지가 농촌이고 그때, 선대의 가난을 대물림하면서 '절약'이 몸에 배었던 것을 알고 있다. 가난에 절어, 버리기를 아까워하는 습관이 안으로 들어와 자연스럽게 자리 매김 했을 것이다.

이를테면 종이 한 장을 쓰는 데서도 그런 습관이 은연중에 고개를 쳐든다. 마분지를 쓰다 백로지와 모조지로 지질이 바뀌는 쏠쏠이 속에 길들여진 종이에 대한 애착이 내게 있음을 안다. 볼펜이 없던 때라 펜을 쓰게 됐는데, 종이 뒤로 잉크가 번져 여간 곤혹스러운 게 아니었다. 뒷면이 엉망이 돼 있어 글을 써도 앞뒤의 것이 헷갈려 혼란스러웠다. 종이에 대한 불만이 커져 갔고, 역설적으로 그런 불만은 종국에 이르러 종이에 대한 애정으로 바뀌었다. 허투루 쓰려 해도 그럴 종이가 없던 시절 얘기다.

요즘 풍요의 시대에 종이라고 예외가 아니다. 물 쓰듯 쓰는 게 종이다. 종이도 A4용지로 고급지다. 예전에 쓰던 모조지보다 고급인 양질인데도, 이런 좋은 종이가 일면만 쓰고 버려지기 일쑤다. 더러 이면지로 활용하기도 하나 대수롭게 여기지 않는 것 같아 이건 아닌데 하고 아쉬운 생각이 들곤 한다. 가까이 종이를 무더기로 쌓아 놓고 쓰니 그럴 수밖에. 아마 함부로 버려지는 종이의 양이 엄청날 것이다.

나는 이면지를 버리지 않고 재활용한다. 아예 종이 왼쪽 위 구석을 문방 풀로 붙여 노트처럼 매어 쓰고 있다. 일단 썼던 것이지만 뒤집어놓으면 새 종이나 다름이 없다. 옛날 아끼던 순백색 도화지에 조금도 못하지 않다. 나는 이 이면지의 흰 바탕에 만년필로 시를 쓴다. 머리에 떠오른 시상을 받아쓰기하는 데 쾌적하다. 시가 됐다면 이면지의 그 하얀 민낯에 대한 호감도 몫을 하고 있을 것이다. 어느새 습관이 돼 버렸다. 키보드를 치지 않고 펜의 궤적을 따라 사유의 강물이 물살 좋게 흐르는 가파른 순간에 가슴 두근거리는 게 좋다. 한 번 쓰고 난 종이가 쉽게 생기므로 특별히 종이를 사서 쓰는 일이 없다. 늘 이면지가 고맙다.

나이 들면서 생각이 바뀌어 간다. 주변에 너절하게 흩어져 있는 것들을 버리는 쪽으로 급선회하게 된 것이다. 버릴 것들이 적지 않다. 오래된 책, 옷가지, 신발, 잡다한 용품들. 한데 막상 버리려다 멈칫거리게 되니 문제다. 버리려던 걸 도로 손이 안으로 꺼당겨 놓게 된다. 쓰던 것에 대한 애착이 정리하려던 마음을 돌려세워 놓아 버리기 십상이니 난감하다.

정년퇴임해서 십 년, 입지 않는 옷들이 장에 걸린 채 주인의 손을 기다리고 있다. 마치 채홍사의 간택을 기다리기라도 하는 듯 표정들이 안쓰럽기까지 하다. 간편한 차림을 선호하게 되면서 정장이 뒷전으로 밀렸으니 손이 좀처럼 가지 않는다. 그렇다고 버리기는 아까워 비좁은 공간에서 한숨이나 내쉬는 신세가 돼 버렸다.

그나마 꽤 정리한 것이 책이다. 소장 가치가 없는 책들을 잔뜩 꽂아 둘 필요가 무언가. 글쓰기를 시작한 몇몇 문우에게 건네고 더러는 강의하는 글방에 갖다 놓아 '작은 도서관'를 만들었다. 그래도 늘어나는 게 책이다. 또 서가를 채우더니 책상 주위가 책으로 넘쳐난다. 조만간 정리해야 할 판이다.

볕 좋은 날 어쩌다 신발장 속을 뒤지다 놀랐다. 안쪽 깊숙이 구두 두 켤레가 불쑥 눈앞으로 나서는 게 아닌가. 더께 된 먼지 부옇고 그 위로 세상 만났다는 듯 회회청 곰팡이가 기세 좋게 슬었다. '언제 신던 거더라?' 고개 갸우뚱하더니 녀석들 이내 기억 속에 되살아난다. 꺼내 보니 뒤꿈치가 한쪽으로 깎아낸 것같이 닳았지만 거죽은 말짱하다. 수선공의 손을 빌려 뒤꿈치만 갈면 신을 수 있겠다. 잠시 볕을 쐬고 다시 제자리로 밀어 넣는다.

실은 수선해서 신는다는 보장도 없다. 버리기 아까워 꾹꾹 눌러 두는 것일 뿐. 더욱이 구두 신고 나갈 데라곤 글방 두 군데와 정기적인 무슨 이사회, 신문편집회의, 동인 모임 정도다. 그도 차림에 따라 운동화를 신기도 하니 지금 신고 있는 네 켤레는 언제 다 신을꼬. 저러다 폭삭 찌그러져야 곁을 떠나게 될 테다.

문득 생각나는 만년필들. 대부분 스승의 날에 제자들로부터 받은 것들이다. 열이 넘다. 마흔 해를 넘나드는 그것들이 갑 속에서 긴 잠에 혼곤히 빠져 있다. 간수해 두었다 손자손녀들이 크면 준다 한 것인데, 요즘 아이들 필기구가 좋은 세상이라 눈에 들지 모르겠으나 집에 오면 물어보아 한둘 씩 손에 쥐어 주고 싶다. 고맙게 받은 귀한 선물인데 그냥 버려지면 어떡하나 가슴 한쪽이 휑하다.

아내에 비하면 나는 그래도 버리는 편이다. 아내야말로 뭐든 움켜쥐고 있다. 부엌 쪽은 분간이 서지 않는 영역이니 눈 감고 지내지만 눈에 띄는 게 옷가지. 한번은 갑자기 더워졌다며 하늘거리는 민소매 원피스를 입었다. 기억에서 퍼내려야 도무지 아리송한 옷이라 '이 웬 옷이오.' 했더니, '아니, 예전에 월남치마라며 여름에 늘 입던 옷 아니오.'라지 않는가. 그제야 그런가 해 말문이 막히고 말았다. 묵혔다 꺼내 입으니 새 맛이 나는가. 그러니 쉬이 버리지 못하는 것이려니 한다. 아내는 또 얼마 없어 농에서 그런 해묵은 옷가지를 꺼내 입을 것이다.

신발장 아래 칸은 아내 전용. 거기 구두며 운동화가 줄 서더니 이젠 그 위로 또 한 층 더 재어 가는 눈치다. 가타부타 얘긴 않겠으나, 그곳으로 눈 한 번 보냈으면 좋겠다. 그래서 가려내고 버릴 것을 싹 내다 버렸으면. (2015)

내 방

너주레한 창고 같은 공간이다.

생각에 잠기고 책 읽고 글 쓰는 곳, 고단한 영혼이 쉬는 곳, 시간을 방목해 현재에서 과거로 오르내리는 곳이다.

내 방은 나를 간소화해 생략해 놓는다. 함축하고 요약하고 집대성해 놓는 삶의 핵심, 손수 축조한 소우주다.

작은 건축 속에 늘 그만한 터수다. 오장육부가 이곳서 꿈틀거리며 명줄을 이어 가고 사고하고 꿈꾸는 시간이 물밀 듯 밀려와 있을 뿐 특별히 무얼 가져다 주는 모가치로 존재하지는 않는다. 땡볕을 가려 주는 그늘이 깊은 이곳으로 정원이 서늘한 바람을 부쳐 보낸다. 새소리에 실려 오는 자연의 숨결이 남실거린다.

나는 이곳에서 자연과 문명 사이를 드나들며 감성에 와 닿는 것들을 포획하는 작업에 열중한다. 작은 흔들림에 의미를 띄우고 전에 없던 언어에 실려 부유하며 인생의 의미를 퍼 올리려 버둥댄다. 아우성치고 헛웃음 치고, 지친 날개를 접는 어떤 날엔 속울음을 터트리기도 한다.

한겨울 눈발이 펄펄 날리는데 동창 너머 백매가 어느새 봉긋한 꽃눈으로 일찌감치 봄아 오라 길을 트면, 설한 속 화신에 가슴 뛰던 영혼이 먼빛으로 오는 봄을 코뚜레로 이끈다. 이곳에서는 현상도 기웃거리다 의미망 안에 들어와 파닥이며 눈을 빛낸다. 뜰채로 뜬다. 이만치 먼발치에서 받아쓰기하면 짧게는 시가 되고 느슨히 풀어내어 수필이 된다.

아잇적 처음으로 받아 앉았던 앉은뱅이책상이 떠오를 때가 있다. 손재주 능숙했던 집안 어른이 낡은 문짝을 대패질해 다리를 세웠던, 그때의 일기를 넣어 놓도록 서랍도 둘이나 달렸던 그것. 한가운데 뻥 하게 턱없이 큰 구멍이 났어도 상관없었다. 방바닥에 엎뎌 읽고 쓰다, 책상을 갖게 된 기쁨은 나를 충분히 들썩이게 했다. 읽고 쓰고, 그러다 팔 괴어 잠들고.

책상은 방이었다. 그것의 전유專有는 소유욕의 극단으로 치고 올라, 방을 능가하는 기쁨이었다. 추운 겨울밤 어둡고 차가운 구들장 구석도 그걸 받아 앉으면 빛이 들고 따스했다. 그곳으로 물이 흘렀다. 풀이 무성하고 싱그러웠다.

그런다고 어른이 되어 글을 쓰리라고는 생각지 못했다. 다만 책상 만한 자락에 앉아 책상 만한 영토를 즐기던 제한된 자유를 사랑하며 컸다.

썩 좋아졌다. 오래 유목하다 정착했다. 방 셋 중 하나로 고정된 서너 평 공간. 백면서생에게 방은 행운이다. 밖에서 부대끼다가도 이곳에 들면 심기가 편하다. 일상의 번다함에 헷갈리다가도 여기 와 다리 죽 펴면 정연히 가닥이 잡히는 절묘함. 할까 말까, 더할까 그만둘까 망설이던 일에도 중심이 서고, 좀처럼 손이 타지 않아 미뤄 온 일에도 손이 닿아 있다.

올여름 불볕더위에도 방은 한증막 속 아지트다. 숲 아닌 열사의 숲이다. 땀 흘리며 할딱거리다가도 여기 깃들면 가라앉아 둔중해진다. 연일 이어지는 폭염이지만 더위도 마음 앞으로 곁을 내주는 미덕이 있다.

참고 견뎌내다 인내의 끝에서 잠시 에어컨 바람을 쐬면 황홀하다. 대지가 펄펄 끓는 더위라 이렇게 자연에 문명을 버무리는 식을 실험한다. 첫 경험은 짜릿하지만, 문명의 바람은 오래 끼고 앉을 것이 못된다. 삽시에 달아오르면 쉽게 식는 법, 권태 뒤의 이별은 아리다.

이 여름, 잠시나마 더위의 실종으로 실증됐다. 내 방은 내서耐暑 공간으로 유효했으니까. 손을 내밀고 정신을 한 군데로 그러모았다. 집중과 몰입, 사방으로 난 창을 닫고 방을 밀폐된 공간으로 만들어 나를 가뒀다. 영어의 몸으로 책 읽고 글 쓰는 시간, 나를 공중으로 부양하는 실험에 다소간 성공할 수 있었다.

그 속으로 침몰한 것은 아니나 삼매의 문턱을 내왕했을 것이다. 줄줄 흐르는 땀을 거두며 깨어난 의식이 나를 응원했다. 오래 가지는 못했으나 예측할 수 없던 변곡점에서 나는 현실로 회귀한 것이다.

불붙는 8월의 하늘이 내 머리 위에 벌건 휘장을 드리우고 있었다. 갈맷빛 바다에 얄브스름히 흐르던 아침 해무는 온데간데없었다. 하지만 엄연한 것은 책 몇 장을 넘겼고, 글 몇 줄을 썼다는 사실이다. 상상이 상상을 불렀고, 언어가 언어를 애무했고, 사유가 사유에 길을 냈다. 여름날 누적된 갈증 위로 지나던 한 줄금 소나기를 지금도 기억한다.

초록으로 윤택한 나무와 산을 막 내린 바람과 요설로 더위를 식히는 새소리의 삼중주. 완성해야 하는 것이 아니다. 후끈거리는 여름의 열기 속에 미완성이어도 음악은 언제나 아름다운 선율이다.

여름을 넘어 쌓이는 가을. 텅 빈 겨울은 추워도 봄을 채우려는 기능성 곳간이다. 겨울의 시렁에 볕에 말린 시래기를 얹어 충만해지는 삶. 그것은 남루가 아니다. 겨울의 여축이고 저장이다. 언제부터인가 내 방은 곳간을 모방하며 여사여사한 자리가 돼 있다.

이 여름, 덥지만 다 잊고 좀 쉬었으면 한다. 바람의 길목에 나앉아 아시잠이라도 청해야겠다.

돌아가며 책이 쌓여 흔들리지 않는 낡은 침대에 비스듬히 몸을 넌다. 이제 나를 재우려 한동안 방이 침묵할 것이다. 더는 채우지 않아도 된다.

설설 끓는 여름 속의 고요, 화평하다. (2017)

틀

틀은 당최 액자의 테두리거나 창틀이다. 한 발짝 나아가 생명체나 한 장치의 골격구조다. 그 원형을 허공에다 그리면 분명 삼각형보다 더 모나고 각이 뚜렷한 사각형이 될 테다. 틀.

그것은 애초에 꽉 막혀 출구가 없다. 이탈을 거부하는 고착된 공간으로 바람 한 점 들락거리지 않는 구도다. 하지만 추상의 힘은 틀을 부순다. 확대해 가며 그 변경을 어지간히 넓혀 놓는다. 빳빳하고 딱딱하던 것이 한결 유연해진다. 받아들이고 타협하고 수용한다. 주고 받으며 맥락 속으로 통섭한다. 안으로 융·복합의 물결이 남실대며 흘러든다. 눈에 보이는 혹은 눈에 보이지 않는 확대되고 재구성된 변화, 생각의 틀이란 그런 것으로 시시각각 바뀐다.

아잇적 여섯 식구의 가정이란 공동체의 틀은 가난으로 곤고함에도 견고했다. 보리밥 조밥도 없어 못 먹던 궁핍이 되레 가족으로 결속하는 놀라운 틀 속에서 나는 정신적으로 꽤 올곧고 신체적으로 강건하게 성장했다. 부족하고 미흡해도 그 터수에서 견뎌 낼 수 있었다. 괜찮다, 잘하고 있다 사랑하고 긍정하며 바라보던 어머니의 애틋한 눈빛이 나를 거지반도 더 키웠다. 유년의 짧지 않은 날들이 틀에 박혀 있었지만 가령 구들장이 차가워도 식구들 한 이불에 발막아 누위 잠들던 따스한 틀이었다.

스무 살이 되면서 교직에 나갔고 혼인해 가정을 갖고 독립했다. 틀의 확산은 놀라운 것이었다. 먼 데로 도망하려는 원심력이 끌어 당겨 자제하려는 구심력을 낚아채 흔들었다. 현실에 떼밀려 끝내 하지 못한 대학이 갈수록 심각한 갈등을 낳았다. 번번이 나는 술에 절었고 집 밖을 겉돌고 떠돌았다.

어른이 돼 내 푼수로 짜 맞춘 틀은 단단하지 못해 무르고 허약했다. 하지만 무너지지 않았다. 아잇적 나를 보듬던, 하룻밤 너끈히 지새우던 정동 화로의 불씨 같던 어른의 온기가 흔들리는 나를 잡아주었을 것이다. 그만한 체온으로 두 아들을 훈육하려 했다. 목표는 무난히 틀을 복원했고, 나는 이내 새 틀에 복귀해 그 속에 상주하고 있었다.

교직 속에서 작은 틀을 깼다. 초등에서 중등으로의 전직은 내게 날개를 단 틀의 파괴였다. 날아오르며 틀은 내게 해체할 때 또 한 세계로 열리는 창으로 존재했다. 크기만큼, 넓이만큼, 깊이만큼, 높이만큼 세상을 바라보는 시야로 열리는 내 의식의 창. 그 후, 틀은 늘 닫히지 않는 창이었다. 그것은 내게 인생의 의미였고 노상 생이라는 가치의 실현으로 내 안을 향해 열려 있었다.

한때 그것은 내게 많은 것을 보여 준 가시적 희망들로 충만했다. 밭을 떠나지 않는 농부처럼 칠판을 등지고 서서 가르치는 일이 좋았다. 기쁨은 나를 충일케 했다. 틀이 틀 안에서 춤추었다. 어제는 없었는데 오늘 아침에 화르르 피어나는 꽃은 존재론적인 의미였고, 공중을 나는 새의 날갯짓이 전율로 와 나를 흔들어 깨웠다.

　그것들은 틀을 깨며 내게로 왔다. 틀은 틀로 있는 게 아닌, 틀을 벗어날 때 틀이라는 걸 터득하게 한 작은 각성이었다. 나는 실존으로 있어 매양 숙연했다.

　때로 틀은 가둔다. 그것에 이끌리면서 어느새 존재로 갇힌다.

　그러했다. 더듬으며 걷던 노상에서 어느 날 느닷없이 새로운 틀에 갇혀 있었다. 틀이 내게 영어囹圄로 와 있었다. 문학이라는 프레임. 누가 웬 재능이 있어 나를 문학으로 부추겼을까. 섣부른 해후로 서먹해도 낯설지 않았다.

　내게 문학은 감성의 옷자락이되 이성을 덮고 앉아 얼음같이 차가웠다. 친친 감아 가며 언어의 타래가 나를 틀 속으로 묶어 놓았고, 그 속에 나는 고분고분 갇혔다. 눈을 깜빡거리며 밀폐된 언어 속으로 갇혀 버린 영혼. 삶의 틀이 문학에게 기울어 무너지고 있었다. 삶의 성향이 문학이란 프레임에 갇힌 것이다.

　문학은 또 한 번 대청마루 벽에 걸린 액자의 더께를 깨는 파괴공학이었다. 파괴는 단순히 부수고 지우는 것이 아니다. 너른 공간으로 사상事象의 속정을 열어 놓고 노래한다. 귀청 돌아가게 혼자 듣는 아우성이다.

　어느덧 수필을 쓰면서 내게로 오는 시를 적고 있었다. 삶의 서사敍事가 빗물에 흥건히 젖어 피어나는 한 송이 꽃. 수필과 시 두 장르의 동행이 내 문학의 토양을 비옥하게 하는가. 쓰는 것에 신명난다. 틀에 갇히는 것은 삶의 의미다.

이제 겹겹 나이가 쌓여 간다. 사람은 절정에서 한때 무르익는다. 내가 하고자 한 대로 하고, 가고자 한 대로 가고, 쓰고자 한 대로 쓰려 한다. 더는 갇히지 않을 것이고 더 가둘 것도 없으리라.

틀은 속박이 아니다. 다가앉을수록 그것은 확산하는 자유다. 한 생의 축적만큼 변용한다. 내 문학이 그 성과물이다. 관념의 틀을 깨고 얻은 소출이다. 그러나 문학은 통속을 벗어날 때까지 틀에 갇혀 있지만 변곡점은 있다.

어제의 꽃이 오늘의 꽃이 아니다. 지금 나는 인생의 회로에서 언어로 허물을 벗고 있다. 문학이란 틀에 갇힌 것은 행운이다. (2017)

어떤 사람

엉뚱한 기대감에 현혹된 것이 아니다. 소한 추위에 곱은 손 비비다 무심결에 떠오른 말, 어떤 사람. 어디선가 산 넘고 띄엄띄엄 징검다리 건너 내게로 오는 이런 해후를 기다린다.

누구라고 못 박아 놓은 사람이 아니다. 어떻게 연이 닿고 어떤 관계인가 하는 따위가 끼어들지 않은 그냥 막연한 사람일 뿐이다. 그런 이라 나하고 아무 상관도 없겠지만 그렇다고 전혀 무관할 것 같지도 않은 까닭 모를 친근감, 혹여 언제, 어떻게든 만나게 될지도 모른다고 마음 졸이니 이상한 일이다.

이미 어떤 사람이 어렴풋이 다가오는 낌새를 느낀다. 내가 기거하는 동산 집 고샅 언저리에 일찌감치 당도해 불쑥 얼굴을 내밀 것만 같다. 그걸 우연을 넘어 필연의 범위에 끌어들이려는 것이 아니다. 다만 그러리라는 개연성을 배제하지는 못하는 게 사람의 일이라 함이다. 내가 오늘 당장 아니면, 가까운 미래에 어떤 일을 당하게 될는지는 누구도 예견하지 못한다. 그것은 신의 영역이라 사람이 어떻게 할 수도 없다.

그러니까 나는 아마도, 어떤 일을 목전에서 겪게 될 때를 가정해 가상의 공간에 그 '어떤'을 예비해 두려는 것일 테다. 무슨 여유를 부리려 함이 아니다. 일상의 삶 속에서 누리는 여유와는 별개로 상상이 날개를 달았을 수도 있다.

내 사유에 자유로워지고 싶어 가로막는 벽을 허물고 경계를 무너뜨렸다. 그런 만큼 내게 올 어떤 관여나 개입에 통제란 없을 것이다. 느닷없이 내 문 앞에 와 있는 방문자라면 그의 발품에 대한 작은 성의로 조건 없이 받아들일 준비를 해둬야 하는 것 아닐까. 대문간에서 마당을 가로질러 오는 몇 초 사이, 대청마루를 뛰쳐나와 현관문을 열어 맞이할 테다.

그런다고 반면식도 없는 어떤 사람을 맞이하려는 거추장스러운 절차나 별도의 의전 같은 걸 염두에 두고 있지는 않다. 눈 맞춰 가며 찬찬히 서로의 마음속 풍경을 바라보게 될 것이고, 눈 반짝 마주치면 활짝 웃게 되려니. 염려하거나 마음 무거워 거치적거릴 이유가 하등 없을 테다. 마음을 열어 놓으면 늘 홀가분하다.

인연이 될 어떤 사람이라면 적어도 몰풍스레 생겼거나 거칠고 험악한 성미를 지녔지 않았을 거라는 어림짐작을 한다. 이심전심, 선택의 여지는 없겠으나 몸에 밴 대로 하는 행동거지로 그와 나, 서로 간 합당해 할 것이므로.

이왕 새로운 연으로 이어질 것이면, 원컨대 나처럼, 너는 미래에 '어떤 사람'이 될 것이냐고 자신에게 물어 놓고 답하지 못해 온 나 같은 사람이 아니기를 바란다. 커서 어떤 사람이 되겠다는 장래 설정이 애매했던 나는 그러면서 어떻게 교직에 발을 놓았을까. 목표가 결여됐던 것 같다. 목표는 젊은이가 품는 이상에서 불끈 솟아오르는 탑인데, 나는 약관에 탑을 쌓아 올리려 활활 타오르는 꿈이 없었다.

밴댕이 속이었을까. 지금도 이 부분이 헛헛해 그 어처구니없는 공허를 공자가 허술했던 대목으로 우회하며 둘러대기 일쑤다. 공자가 열다섯에 지학志學이라 하고, 스물에 이립而立이라 해 놓고는 마흔에 불혹不惑이라며 서른을 언급 않고 건너뛰어 버렸잖은가. 어물어물 넘어간 것처럼 보인다. 놓칠세라 내가 그 공백을 우비고 드는 빌미가 됐다. 희대의 공자도 그런 길 서른을 비운 게 무슨 탈이 되리야 함이다.

제발 내게 올 어떤 사람이 나같이 정체성이 허약했던 위인이 아니기를 빈다. 내가 교직 마흔 서너 해를 채우면서 끄트머리가 허하매 불쑥 문학으로 들어서게 된 것이 또 목에 가시로 걸린다. 시답잖은 일이다. 남들은 스무 살 언저리 그 풋풋한 나이에 자신을 정신의 허기 속으로 유폐해 시난고난 앓아 온 문학을 나는 오십 줄이 넘어서야 간신히 부둥켜안았지 않나. 그와의 만남이 내 늘 두려워하는 언어에 천착해 열띤 담론으로 이어지기를 소망한다.

며칠째 소한 추위가 이어진다. 동창을 열었더니, 마당가 발가벗은 빈 가지들이 강풍에 휘청거리고 있다. 정신이 번쩍 든다. 지금 내가 꿈꾸고 있는 것은 아닌지 모르겠다. 어떤 사람과의 만남은 일상 속의 조금 특별한 만남 이상의 것일 수 없다. 나이 들어 욕심내면 노회老獪의 가면을 쓰게 된다. 노련하면서 교활한 것, 그런 모순어법처럼 어리석은 것은 없다.

머릿속이 맑아 오고 뜻밖에 귓전으로 내리는 음성에 귀 기울인다.

"진정 어떤 사람을 만나려거든 누가 오기를 기다리지 말고 안에서 찾으라." 밖에서 찾을 것이 아니었다. '그렇구나. 그는 미지칭 누구도, 삼인칭 그도 아닌, 일인칭 나였구나. 내 안의 나.'

따뜻한 손으로 누군가의 언 손을 잡아 주는 사람, 타자에게 웃는 얼굴로 다가가는 사람, 어려운 처지에서 허덕이는 이들을 도와주는 마음 푸근한 사람, 가파른 계단에 선 이를 부축하는 이웃으로 사는 사람…. 진정 그러한 사람. 내가 맞이하려던 어떤 사람이 다른 사람 아닌 바로 나임을 알아 간다.

밖으로 나서려 한다. 발길이 닿는 대로 어떤 사람에게 다가가 따뜻이, 그의 지근거리에 서고 싶다. (2018)

골목 풍경

　동네 한 골목 다섯 가호가 한 세상이었다. 우리 집은 고샅에서 들어서 한 번 크게 꺾여야 닿게 긴 골목의 끄트머리에 있었다.

　여남은 이웃 아이들에게 골목은 들고나는 통로만이 아닌, 빼놓을 수 없는 일상의 무대였다. 자치기, 고무줄놀이, 딱지치기, 땅 빼먹기, 구슬치기, 제기차기로 시간 가는 줄 모르던 곳. 바람 좋은 날이면 연을 띄워 하늘 너머 다른 세상을 꿈꾸며 가슴 설레기도 했다.

　어린 아이에게 골목은 바깥세상으로 나가는 첫 출구였다. 희부연 기억 저쪽으로 떠오른다. 잡풀에 섞여 민들레를 처음 본 것도 골목이었다. 마당 모롱이에 나던 분꽃과 봉숭아, 접시꽃, 금잔화 말고 골목에서 처음 본 민들레는 신기新奇할 수밖에 없었다.

　민들레는 맨땅에 납작 엎드려 몸을 낮게 놓았고, 겨울 지나 봄이면 목을 뽑아 가며 샛노란 꽃을 피웠다. 겨울 한천 아래 피는 꽃은 야무져 옹골찼다. 꽃이 지면 이내 허연 갓털이 하늬에 날개를 달아 먼 곳을 지향해 날았다. 가 본 적 없는 들녘 어디쯤 내려 봄을 기다릴 거란 상상에 가슴 두근거리면서. 저게 그들 붙이의 영역을 확장하리란 내 상상에도 작은 날개가 돋곤 했다. 한낱 미물의 놀라운 운신을 지켜보며 그것이 한 생으로 완성되는 장엄함에 전율했다.

그 시절이 회상의 공간으로 떠오른다. 골목은 단순히 집을 오가는 공간이 아니었다. 내게 미지의 세계를 기웃거리는 꿈의 실험무대였을 것이다. 문법도 개념도 없이 지껄이던 숱한 말, 악보 없이 흥얼거리던 나만의 노래, 하루해가 잠기는 줄을 잊고 몰두하던 놀이가 있었다. 일이 없던 아이들에게 놀이의 공간만큼 흥겨운 곳은 없었다. 시대의 가난이 뱃속을 허하게 주물러도 아랑곳없었다.

얼마 전 골목을 찾았더니 벌써 옛 집들이 다 헐리고 터는 밭이 돼 있었다. 어른들은 물론 그때의 아이들 하나도 어른으로 남아 있지 않았다. 골목 어귀에 돌담을 쌓아 사람의 출입을 막아 놓은 걸 보며 무상감을 떨치지 못했다. 사람의 자취가 지워진 지 까마득한 골목길을 덮으며 잡풀만 무성했다. 하도 적막해 돌아서는 발길이 떨어지지 않았다.

읍내로 내려온 지 스물여덟 해. 걷기에 나서면 으레 마을 한길을 가로질러 공원을 오가곤 한다. 연고가 아닌 마을이라 간극이 있고 아직도 사람들이 낯설다. 한번은 코스가 단조해 마을 안 골목길을 걷기로 했다. 큰 마을이라 골목도 많고 또 길고 짧은 그것들이 어느 지점에서 사통팔달로 이어져 흥미로울 것 같았다. 이왕 골목을 걸을 것이면 마을 복판을 질러가며 큰 줄기를 밟기로 했다.

몇 걸을 떼어 놓다 놀랐다. 옛 골목과는 달리 변했을 거란 어림짐작이야 했지만 이 정도일 줄이야. 골목이란 골목은 시멘트로 포장돼 길에 흙 알갱이 하나 보이지 않는다. 길이 숨을 못 쉴 것 같아 숨이 막혀 왔다. 흙이 없으니 나무는 고사하고 잡풀 하나도 나 있지 않다.

나무와 풀이 없으니 꽃도 열매도 없다. 헐리다 남은 초가 한 채는 띠로 지붕을 올리던 옛 집이 아니었다. 지붕을 까만 천으로 덮어 타이어 줄로 얽어맸다. 전통 초가는 멸실된 지 오래다.

콘크리트바닥을 타고 다리로 오르는 탱탱한 경직감과 슬래브 건축물로 바뀐 급진적 변화에서 오는 이질감에 놀라 자지러질 뻔했다.

골목에 나와 노는 아이 하나 눈에 띄지 않는다. 문간을 주억거리는 누렁이 한 마리안 보인다. 혹여 했는데, 지나는 낯선 나그네를 힐끔 쳐다보는 노인네 그림자도 없다. 대문이 없던 섬에 문들이 닫혀 있으니 이도 격세지감이다. 이런, 이런. 긴 골목을 서너 번째 꺾어 돌며 혀를 찼지만, 아기 울음소리도 들리지 않는다.

사람이 떠난 동네인 듯 사위 적요하다. 산사 아랫마을도 이러진 않을 텐데 이럴 수가. 귤 철이라 다들 과수원에 간 걸까. 그래도 그렇지. 집에 남아 보채는 아기 어르는 등 굽은 노인네 한둘은 있을 법한데….

돌아오는 길. 두 개의 시·공간을 들락거리며 나이도 잊고 감상에 무너져 내린다. 어릴 적 아이들의 놀이 공간이던 옛 골목과 오늘 이곳 골목 사이를 흘러 온 시간의 강은 어디에 이르렀을까. 옛 골목은 닫혔다 치고, 아이들이 없는 이 골목엔 나무도 풀도 꽃도 열매도 없지 않은가.

오랜만에 옥상에 올라 사방을 둘러본다. 눈앞으로 넉넉하게 누워 있는 바다만 여상할 뿐, 바다 안쪽의 변화에 몸 으스스하다. 눈이 어느새 서쪽 접경 마을로 내달려가 있다. 한길 양쪽으로 늘어선 아파트

군락이 흉물스럽다. 요 몇 년 새 주택단지들이 다퉈 들어서며 멋대로 일그러진 지평선이 시야를 혼란스럽게 한다. 아파트는 시골 마을이 품고 있어야 할 골목이라는 공간의 편안한 질서까지 파괴해 버린다.

내 유년의 집으로 꺾여 들어가던 긴 골목길, 아이들이 꿈꾸며 자유를 누리던 놀이 공간이 눈앞으로 펼쳐진다. 그 옛 골목이 그립다.
(2018)

시간의 갈피에 끼워 둘 일기

감기로 코에서 불을 뿜고 숨 가쁜데 머릿속이 몹시 어지럽다. 아내는 몸져누워 주야장천 기침으로 뒤척인다. 몇 날 며칠 온몸을 뒤틀며 기침을 해대니 보면서 안쓰럽다. 노쇠해 면역력이 현저히 떨어지면 하릴없이 겪어야 하는 고통이다.

둘만 사는 집에 건성으로라도 곁을 지키려면 아프지 말아야 한다고 독하게 마음먹는다. 감기가 들앉으려 기웃기웃 탐색이 한창이다. 이게 사람을 심난하게 한다. 들어온 듯 만 듯, 그렇다고 아주 나간 것도 아니면서 들쑥날쑥 약을 올려놓는다.

이 악다물어 약 한 첩 안 먹고 열흘을 났다. 책 한 장 넘기지 못하는 판에 글 한 줄 끼적거릴 형편이 아니다. 잠시 마당에 나가 볕을 쬐고 싶지만 찬바람에 다시 감기를 불러들일까 혼겁난다. 더치면 파김치 되는 게 감기다.

자리에 누워 천장 바라보는 신세로 전락했다. 하얀 공간으로 수많은 얼굴들이 떠올랐다 지워진다. 먼 과거에서 현재로 둘둘 말려오는 물결 같다. 오랜 인연들과의 이런저런 관계, 맺었다 풀고 잇다 끊고 다시 그런다고 버둥거리는 굴곡진 일들이 한 관계망 속에서 얼기설기 엮이고 흩어진다. 잊히던 소소한 것들이 기억의 외진 구석에서 보풀처럼 잔상으로 일어나기도 한다. 끝내 회상 속에서 혼미에 빠져 풀지 못한 채 지리멸렬이 되고 마는 것은 왜 없으랴.

투망 뒤 소득 없는 어로漁撈는 피로를 가중시킬 뿐 허망하다. 정신이라는 체계적 구조를 포장하던 몸도 쇠하면 잡념만 느는가. 삶의 행간을 출렁여 추억으로 흐르지 않는 기억은 실종된 시간이다. 맨송맨송한 기억 속엔 젖고 싶은 그리움도 별반 없다.

아직 쓸 만한지 기력을 시험할 기회다. 감기를 밀어내고 싶다. 웃통을 활활 벗어던진 채 한 시간 동안 마당 둘레를 돌았다. 때마침 내리쬐는 여린 겨울 햇살에도 등 따습다. 열흘을 쉬었더니 몸이 삭정이 됐는지 녹슨 기계처럼 삐거덕거린다.

하지만 사람은 생활 자체가 운동을 동반하는 것. 눈 딱 감고 평소대로 걸은 뒤 아령도 들었다. 기온이 오른다더니 머리에서 땀방울이 흘러내렸다. 올 들어 첫 땀이다. 몸이 찌뿌드드하다. 혹여 감기를 또 들이게라도 되면 이런 낭패가 없다. 성가신지 몸이 투덜대는 것 같다. 미지근한 물로 몸을 씻고 이불 속에 주검처럼 눕는다.

저녁으로 가는 시간인데 2월의 해는 벌써 하루를 넘기느라 숨 가쁘다. 아시잠 뒤 정신이 꽤 맑다. 자리를 밀치고 책상머리에 앉는다. 임 모 수필가로부터 작품 해설 청탁을 받았지 않나. 농사지으며 글 쓰는 이가 첫 작품집을 낸다며 부탁하는 목소리가 간곡해 무심할 수 없어 수락했다.

남의 글을 평하는 것은 살 에고 뼈 깎는 일이다. 여럿을 써 왔기로 비교돼 가탈로 가는 일은 없어야 한다. 필력이 어떨지 모르나 평형감각을 놓지 않으려 한다. 감기 뒤라 힘들겠지만 문체를 꼿꼿이 세우리라. 작품집을 내는 사람에게 책은 작가의 분신이다.

해설에 들어가 머리글을 쓰고 숨을 고르려는데, 퍼뜩 기억 너머로 한 아이 얼굴이 가물가물 어른거린다. 88올림픽 개막식 때 굴렁쇠를 굴리며 운동장을 대각선으로 가로질러 퍼포먼스를 펼치던 소년. 그때 얼마나 긴장된 순간이었나. 온 세계가 숨죽이며 지켜보았던 1분의, 그 장엄한 광경.

왜 하필 어린 아이며 굴렁쇠였을까. 사람들이 아이를 통해 미래를 꿈꾸려 했을 것이다. 세계가 새로운 지평으로 굴러가는 아름다운 평화 지향의 꿈.

굵은 철사를 둥글게 말아 붙인 것을 채에 받쳐 밀고 나아가야 굴렁쇠는 원활하게 운동한다. 조건이 있다. 바퀴와 채와 손이 화합해야 순조롭게 진행한다. 아이는 그 후에도 삶 속으로 굴렁쇠를 굴렸을까. 서른여덟 살, 어엿한 배우라 한다.

나도 그새 시간에 굴려 멀리 왔다. 다시 무얼 굴릴 것이며 더 굴릴 수 있을 것인가. 나는 이미 굴렁쇠를 굴릴 나이가 아니다. 이제 무얼 더 가질 것이며 새로 품으려 하랴. 굴렁쇠를 굴렸던 소년의 벅찬 숨결에나 귀 기울일 일이지. 성장하는 동안은 늙지 않는다고 믿어야지. 원컨대 한 생의 충만함에 겨우면 되는 것을.

낮이 순하더니 바람 불어 밤 날씨가 궂다. 동창을 밝히던 백매 꽃잎이 바람에 분분하다. 일 천 송이 거지반 낙화로 날리며 눈보라로 흩어지고 있다. 지는 꽃이 해낼 수 있는 마지막 춤사위다.

바람에 꽃이 지는 것이 아니라 꽃이 절로 지는 것을 두 눈으로 바라보고 있다. 놀라운 발견이다. 실은, 2월 초에 피어 한 달 동안 꽃 시절을 누리더니 며칠 전 별스러운 낌새를 알아차렸다. 벌이 발길을 끊는다. 분주히 오가더니 한 녀석도 기웃거리지 않는다. 꽃이 팔 향기를 잃었으니 벌이 올 리가 없다.

벌은 선을 긋는다. 꿀을 파 잇속을 챙기되 꽃을 해치지 않고 열매를 얻게 한다. 자신만 이롭지 않고 남도 이롭게 하는 것이다. 하지만 꽃에 향기가 없으면 내왕하지 않는다. 내가 먼저 이롭고 남도 이로운 것이 진정한 이타利他다.

떨어진 백매 꽃잎이 자국눈 만하게 덮여 동창 앞바닥이 하얗다. 그 위로 바람이 지나고 는개가 내린다. 이틀 후면 스러지리라. 삶은 그 안에 늘 죽음을 안는다. 죽음이 있어 삶이 있다. 꽃잎이 흙이 되는 것은 섭리다.

감기에 부대껴선지 하던 것 내려놓고 쉬고 싶다. 오랜만에 숙면에 들려 한다. 밤 한 자락이 품을 내줄 것 같다. (2018)

이음매

달력을 보다, 춘기에 혼곤한 의식이 눈을 비비며 중얼거린다.
'이런, 나흘 후면 춘분이네.'

보름 전이 경칩이더니 벌써 귓전으로 스미는, 앞산 눈 슬어 내리는 물소리. 겨울을 물려 놓고 봄을 불러 앉히는 소리다. 목청 내어지르지 않고 나긋이 사분대니 아직은 대금 중모리 산조다. 산을 내려 골짝을 나와 벌판을 질러 긴 흐름의 이어짐, 소리의 화성변주가 천연덕스럽다.

별안간 허공으로 악보 하나 펄럭이며 내걸린다. 계속되는 음과 음 사이를 끊지 말고 원활히 연주하라는 초승달 모양으로 마주한 두 개의 레가토legato. 머릿속이 민감하게 반응한다. '그건 음과 음 사이의 흐름이 끊기되 끊어지는 것을 느끼지 않게 연주하라는, 작곡과 연주 사이 암묵적 약속의 기호이지.'

강약의 정도가 센 레가티시모 주법奏法에도 불구하고 극단적으로 가는 것을 거부해 음을 조율하며 부드럽게 이어 간다. 단순한 것이 아닌, 전후 음의 연결에 행여 흠이 파일세라 맘 졸이며 완벽을 추구하려는 세련된 음의 표현 양식이다. 앞 음이, 그것이 계속되는 음과 순간적으로 동시에 연주되는 듯한 인상을 주는 효과는 듣는 이에게 자그마치 전율이다.

음이 완전히 절단되는 스타카토와는 대립하되, 그것을 배척하지 않는 묘리妙理. 음을 잇되 끊지는 않는, 끊되 이어 가는, 서로를 끌어 안으려 보듬는 상호보완의 따스한 관계. 오히려 스타카토를 돕는 오묘한 비의秘意의 통로를 끊임없이 열어 주는 운명으로 레가토의 역할은 한 범위 안에서 절묘하다.

마법 같다. 사람의 영역을 벗어난 천상의 소리다. 나는 슬며시 통속에서 벗어나 어느새 환상 속에 서 있다. 절망의 절망을 소리로 얻어 낸, 희망의 절대적 미학으로 이내 빠져든다.

악보를 펼 양이면, 높이가 다른 자리인 두 음표를 서로 이어 주는 기호 슬러slur가 속삭이듯, 그러나 정중히 명령하며 일어나는 선명한 목소리다. "악인樂人이여, 두 음을 끊지 말고 부드럽게 이어 연주하시오."

생명의 탄생은 신의 영역인가. 신비다. 남녀의 만남은 숙명이면서 원초적 본능이다. 사랑에 눈 떠 연인으로 교감하면서 불같이 타올라 아이라는 생명을 회잉懷孕하고, 탯줄을 끊는다. 천지개벽으로 몇 겹 만에 뜨겁게 화해하는 사랑의 자락 이음매, 놀라운 레가토의 얼개다.

오월이면 계절의 여왕으로 군림하려 뜨락을 가득 채우는 꽃들. 기화요초가 화려한 대관을 꿈꾸며 사람을 뇌쇄시킨다. 꽃에 홀려 한걸음에 달려와 달디 단 본능을 즐기는 벌들. 꽃의 유혹에 붕붕거리며 날아든 그들은 기어이 꽃과 합환한다. 꽃 속의 가장 내밀한 곳을 뒤져 꿀을 섭렵하고, 나무에 농익어 탱탱한 결과結果를 언약한다. 서로 간 수수授受되는 밀약은 황홀하다.

사람들은 이즈음, 질서에 목마르다. 혼자만 가지려는 탐심 탓이려니, 인과응보다. 바람결이듯 물소리이듯 꽃이 열매에 이르는 이음매의 불립문자―레가토의 고운 민낯!

이음매의 실체, 무한한 범주를 넘실대며 역동적으로 흐르는 광활한 바다. 어느 예인의 연주인가. 소리 지르며 숨 고르다, 세게 약하게 높게 낮게 밀리고 밀리다 찢기며 바위에 닿아 흩어지는 물결의 장엄한 레가토.

열일곱 소년 시절, 얼굴에 여드름이 우후죽순처럼 돋아났었다. 그때 은어로 청춘다이아몬드라던 뾰루지 아닌 젊음의 심벌마크. 하지만 거울에 비친 그것들이 볼썽사나워 가만두질 않았다. 손으로 눌러 쥐어짜는 바람에 덧나고 흉터가 생겨 안면이 비포장도로처럼 우둘투둘했다.

요즘에는 시술의 손이 젊은 낯을 어루만진다. 환부에 약물을 깊숙이 침투해 피부 재생 효과를 나타내는 신개념 치료법을 쓴다. 여드름뿐 아니라 모공, 튼 살, 탄력에 개선 효과를 얻어 낸다니 놀랍다. 의술이 감성을 얻어, 연주의 레가토에 접목한 기법인가.

파인 듯 메우고 거추장스러운 듯 미끈하게 건사하는 피부 관리가 음악에서 나온 것이라면, 그것은 이미 기예의 영역이다. 조그맣던 것이 확산과 결집으로 엮이고 섞이는, 융·복합의 시대정신이 눈부시게 휘황하다.

인근에 사는 수필가 Y가 쪽파를 갖고 와 뜨락에다 부려놓는다. 감귤 운반용 컨테이너로 한가득 분량이다. 너른 텃밭에 갖가지 채소류를 가꾼단 말을 들은 적이 있었다. 덥석 받아 웃으며 눈 맞추더니 떠나는 '늙은 경운기'를 향해 손을 흔든다. 열아홉에 사들여 마흔 해째 부린다는 농기계가 딸딸거리며 가쁜 숨을 몰아쉬느라 할딱거린다. 말 모르는 것과 동고동락하며 어느덧 환갑이라는 그의 글이 생각난다. 주객일체이러니, 그 내력에 가슴 뜨끔하다.

고샅을 벗어나며 경운기 소리가 잦아들어 악음樂音으로 들린다. 그와 나 사이, 시간의 강물을 지나며 끊이지 않고 먼 이음매로 흐르라는 레가토다.

그를 만나면 늙은 경운기가 떠오를 테고, 그것은 그와 나 사이를 오래 수런대며 흐를 것이다. 나직이, 둘 사이를 끊지 않고 흐를 레가토의 이음매!

좀 느즈러진 것

졸라맨 게 풀려 느슨하면 느즈러진다. 얼굴에 새겨진 조그만 변화일 뿐 놀랄 게 아닌, 주름은 살갗이 느즈러져 얼굴에 새겨진 잔금이다. 시간이 쌓인 거라고 자태 은은하기를 바라랴. 한 사람으로 걸어온 자국인 걸, 짜장 본 대로 느낀 대로 그러려니 하면 되는 일이다.

하지만 워낙 차지고 눅진해 콧바람 쐬듯 쉬이 거둬들이지 못한다. 거칠하고 민감한 녀석이다. 살결에 주름 접혔다는 것은 그만큼 늙었다는 증표라 무덤덤할 수 없는 노릇이다. 늙음처럼 인정하고 싶지 않은 것이 있을까. 늙지 않고 젊음을 오래 지니고 싶다. 노화에 대한 거부감은 본능적인 것이다.

안티-에이징(Ati-aging), 낯설다. 고유어를 선호하는 내게 이 말은 처음부터 까칠하게 다가왔다. '나이에 반한다.'라거나 '늙는 게 싫다.'고 하면 그만이다. 그걸 꼭 문학에서 말하는 안티-로망(Anti-roman, 반소설)과 한 줄에 세울 것은 아니란 생각이다. 도화지같이 흰 얼굴에 나이를 밀어낸 탱글탱글한 살결의 시대적 트렌드. 봄비에 씻겨 아직 물방울 함초롬히 맺혀 되록거리는 청초한 맵시, 젊음처럼 싱그러운 게 어디 있을까. 고혹적이 아니라도 보는 눈이 혹하고 만다.

주름을 눈앞의 현상으로 염에 둔다. 섭리니 이법이니 하기 전에 늙

128 마음자리

음은, 늙음으로 흐르는 과정에 나타나는 표징적인 분위기다. 물장구 치며 젊음의 냇물을 건너와 저만치 고갯길로 멀어지는 것을 누가 내려놓게 할까. 그렇게 왔듯 그렇게 가고 있는 것인데 돌려놓으려는 건 역리다. 거기다 딴죽 거는 건 기분에 쏠린 한낱 심통일 뿐. 질서는 순리에 대한 믿음인데도 유독 늙음에 대해선 떼를 쓴다. 나이 들며 아이 같은 치기를 접어야 어른이다.

주름은 얼굴에 팬 삶의 소소한 잔흔이다. 무수한 잔금의 굽이치는 행렬. 주름은 단순한 흔적이 아닌, 보존할 만한 한 생의 기록물이다. 그중에도 생후 이래의 이력을 간직한 부분—생의 종단면은 소중한 가치다. 문장으로 기술하지 않되 세필로 꼼꼼히 써 내려간 자서전의 발문이다.

나는 웰-에이징(Well-aging)에 공감한다. 어차피 늙는 것인데 나이를 받아들이자는 것이다. 의당 그래야 하는데 너무 멀리 돌아 왔다. 이왕 늙는 것이면, 주름도 이지러뜨리지 말고 고이 펼치면 좋을 것이다. 나는 내심으로 주름에 경륜이 포개지기를 갈망한다.

잘 닦인 거울에 얼굴을 담아 본다. 하 수상쩍어 사진첩을 열고 젊은 날의 나를 꺼낸다. 진행된 늙음이 도를 넘는다. 머리에 허옇게 내린 서리와 양 볼따구니에 골을 파 옴치고 앉은 주름의 군락. 가만 보아 하니 숱한 낮과 밤에 야금야금 내 손으로 새겨 넣은 문양들 아닌가. 한때 낯설어 불편하더니 막무가내로 이제는 다 업業이려니 한다.

착시인가. 일흔이 쉰 몇으로 보이는, 나이답잖게 머리 검고 낯 팽팽한 사람을 대하면 좀 거북하다. 하긴 몸 관리해 나쁠 게 무엇이랴.

저마다 비법이 있을 것인데, 나무랄 일이 아니다.

모르긴 하나 사실, 그런 노력이 끼치는 범위는 거기서 거기로 한도가 있는 법이다. 나는 하루 한 시간 걷고 돌아와 아령을 들 뿐 몸 관리에 특단의 배려는 없다. 슬금슬금 몸의 눈치를 살핀다. 아직 별 신호를 보내오진 않으나 무슨 지시가 떨어지는데도 가는귀먹어 지나치는지 몰라 섬뜩할 때가 있다.

오랜만에 만난 친구와 손을 맞잡으며 주고받은 말.

"어이, 자넨 실물이 훨씬 좋아 보이네."

"무슨 소리? 내가 워낙 미남(?)이니까 그런 게지."

"허, 그런가? 신문에 나오는 자네 사진 말이야. 주름이 너무 많아."

"……."

신문은 사진이 작으니 넘어간다 치고, 넉넉히 지면을 할애한 동인지「脈」의 것은 수긍이 간다. 초로初老 시절서부터 그랬다. 주름도 터를 고르는지 떼거리로 한쪽 뺨에 몰려 조글조글하다. 사진을 확대하니 그렇겠지만 얼굴이 널린 주름으로 묵정밭이 됐다. 공정한 배분을 무시하고 주름에게 터를 지나치게 허용해 황금비율을 깼다. 서너 해 전과도 다른 듯한데, 요 녀석들이 몇 년 새 세를 얻어 할거割據할 기세다.

공연히 주름에 집착하니 모를 일이다. 이왕 골을 파 자리를 틀었는데 아무려면 어떠랴. 언제부턴가 임대차 관계가 성립돼 버린 것을, 점잖은 체면에 몹쓸 악다구니는 고이 접어야지. 제발 안면을 독무대로 뒤덮지 말아 달라 눈치만 주고 있다. 손바닥 반쪽 만한 터는 남겨

야지. 거기, 내 노년이 연륜을 틀어야 하지 않나, 침중한 적갈색 검버
섯….

주름은 얼굴이 골골이 금이 난 것이다. 그것은 흘기는 내 눈에 흠
칫흠칫 놀라면서도 떨어져 내릴 줄 모르는 어둠이다. 어둠을 지워대
는 것은 임시변통, 지우개로 지울 수 있는 연필 글씨가 아니다. 주름
이 조금씩 뒤척이며 옴쭉거리니 따스하다. 어둠 속으로 흐르는 한 가
닥 물소리, 바람소리.

비 그치더니 성큼 다가온 앞산. 우줄우줄 능선 아래로 내리며 좀
느즈러진 것, 골로 팬 산의 주름이 장엄하네. (2016)

찰나

찰나는 극히 짧은 시간, 산스크리트어 '크샤나'의 음역이다. 별안간 눈 한 번 깜짝할 사이, 순식간 숨 한 번 쉴 사이 호흡지간을 의미한다. 운치 있게 말해 삽시간, 가랑비가 땅으로 떨어지는 동안이다.

시간과 시간 사이의 간격이 아주 짧다고 구체적 숫자로 나타내기도 한다. 65분의 1초, 약 0.013초, 육상 단거리나 수영 종목의 기록이 떠오른다. 손가락을 한 번 튀기는 사이, 일탄지시—彈指時다.

티끌 하나가 온 우주를 머금었고, 찰나의 한 생각이 끝도 없는 영겁이라 한다.

티끌은 이미 티끌이 아니고, 한 송이 보잘것없는 들꽃은 단지 들꽃이 아니라 함이다. 우주의 모든 사물 속에는 완벽한 삼라만상의 조화가 숨어 있다. 지금 이 순간은 찰나이나 찰나가 아니다. 영겁과 이어져 있고, 내가 살고 있는 이곳은 무한한 우주 공간과 맞물려 있다. 모든 존재가 한 찰나에 생기기도 하고 없어지기도 한다. 그래서 찰나생멸刹那生滅이다.

한때 소동이 있었다. 불교의 가르침을 상징하는 연꽃이 만개한 경주 동궁과 월지의 연꽃 군락지, 거기 한 연잎에 매달린 풀잠자리알에 연잎이 부딪치면서 부서진 빗방울이 알알이 맺혀 있더니, 사람들이 이를 일컬어 우담바라라 해 시선이 쏠린 것. 우담바라란 3천년에 한 번 핀다는, 부처님의 꽃이라는 신령스럽고 희귀한 상상의 꽃이다. 그때 학계에서는 우담바라가 아닌 풀잠자리알로 규정했다.

또 있다. 청계산 청계사의 관음보살 왼쪽 눈언저리에서, 대전 광수사 석가모니 불상 팔꿈치에서도 우담바라가 피었는데, 그 후에도 여러 번 발견됐다는 것이다. 학계에선 역시 우담바라를 시종 실재하지 않는 상상의 꽃이라 했다. 존재를 인정하지 않고 풀잠자리알이라 한 것이다. 그게 과학이다.

사실 풀잠자리알이라 말하는 사람들에게는 우담바라가 천만 송이 피어나도 아무 소용이 없다. 하지만 수행하는 사람에겐 우담바라가 깨달음에 이르는 길이거나, 언젠가 그 길 위에 피어날 믿음의 꽃이라 여길지 모른다. 그래서 기다릴 것이다. 수행은 구원이다.

그 꽃을 바라보던 눈길을 그만 거둬 버릴 게 아니다. 천지에 미만해 있는 무수한 존재들은 신비로움으로 차 있다. 하늘, 바다, 산, 나무, 풀, 구름, 짐승, 꽃, 새, 벌레… 이들의 탄생과 진화, 또 있다 없어진 것들 소멸의 뒤꼍이 한없이 궁금하다. 이들이 존재해 온 긴긴 시간은 우리가 알 수 없는 그 신비일지도 모른다.

천문학에서 쓰는 광년이라는 시간이 있다. 빛이 일 년 동안 나아가는 거리로 약 9조 4670억 킬로미터에 해당한다. 빛은 진공상태에서 초속 30만 킬로미터, 한 시간에 10억 킬로미터를 진행한다는데 1초에 지구 둘레를 일곱 번 반을 돈다는 것이다. 도대체 어떻게 재어 나온 거리이며 시간인지 실감할 수 없다. 전광석화란 말을 함부로 입에 올릴 게 아니다.

겁劫이란 말을 쓴다. 천지가 한 번 개벽한 때로부터 다음번에 개벽할 때까지의 동안을 이른다. 아득히 길고 오랜 시간이다. 그도 모자라 앞에다 수식을 더한 게 억겁, 영겁이다. 이 길고 긴 시간에 대해 짧고도 짧은 시간을 그 대척점에 갖다 놓아 말하는 게 찰나다.

가령 사람의 생애란 어떤 시간쯤인가. 이에 이르러 정신이 하나도 없다. 고희古稀다, 산수傘壽다, 망구望九다, 백수白壽다 하고, 그 모두를 넘어 이르는 경계에 상수上壽가 자리해 있다. 백세다. 애먹으며 굽이굽이 헤쳐 온 시간이다.

한데 그게 무엇인가. 눈 깜짝할 사이, 손가락 한 번 튀기는 사이— 찰나다. 순식간의 동안을 넘지 못하는 시간일 뿐이다. 진즉 그 백년이라는 세월의 무게가 무엇인지, 의미는 무엇인지에 이르러 말을 잃는다.

연전 내 문학에 들머리를 열어 준 J 교수님의 부음을 듣고 전남 고창으로 한달음에 가 문상했다. 정 많은 분이었다. 바다 건너서 갔다 절하고 돌아서려니 가슴이 먹먹했다. 나보다 한 살 연상이라 믿어지지 않아 더욱 정신 아뜩했다. 얼마 전엔 한 동창생의 빈소에 조문하다 울컥했다. 외동딸의 눈언저리가 하도 울어 벌건 걸 보니 기어이 뭉클하고 만 것이다. 충격이 컸다. 한 찰나를 살다 돌아간 분들에게서 찰나 속에 있는 나를 만났던 것이다.

세상을 아득바득 살아가는 무수한 사람들, 그들이 누릴 수 있는 수壽는 입에 발린 대로 백세가 고작이다. 세월에도 닿지 않는 한 찰나,

얼마나 짧은 시간인가.

그런데도 한평생 산다는 게 무던히도 길어 보일 때가 있다. 하루가 여삼추가 아니고 하루가 수백 년 같을 때가 왜 없는가. 마음의 시간, 정신의 시간, 기다림의 시간은 턱없이 길다.

동굴 속에서 보았다. 바닥에서 천장을 우러르며 자라는 석순, 천장에서 아래를 굽어보며 자라 내리는 종유석. 그들의 만남은 기약돼 있음이 분명하다. 한데도 그들의 생장이 일 년 몇 센티미터라 하니, 만남의 시점은 언제일까. 겁의 시간일 것이다. 사람은 애간장 태우며 샛길을 탐색하지만 그들은 아니다. 순간순간 짧은 시간, 한 찰나를 길게 사는 그들이다. 그게 자연의 섭리다.

사람은 길어야 찰나를 산다. 길고 짧음이 다 제 구미에 맞춘 것일 뿐이다. 생이 짧다는 것을 깨달은 자의 삶은 다르다. 길어도 한 찰나이기 때문이다. (2017)

4.

조건반사

아잇적, 해 질 녘이면 그랬었다. 마당에 나가 '고고고고' 하고 부르면 텃밭에 방사한 닭들이 '꼬꼬댁 꼬꼬댁' 활개 치며 달려와선 부사리같이 덤볐다. 겉보리 두어 줌 흩뿌려 준다.

어느새 마당에 어둠이 내리고 사위 고요하다. 모이를 쪼고 나면 슬금슬금 닭장으로 기어드는 녀석들. 매번 부르는 소리를 알아먹는 게 신통했다.

새벽에 깨어나 눈 비비며 책상에 앉으면 입안에 설설 침이 돈다. '뭐 주전부리할 게 없나.' 주억거린다. 쑥떡이 유리 찬합에 담겨 있다. 삭아든 갈맷빛이 내비친다. 잽싸게 한입 문다. 그제야 숨결이 얌전해지고 소란하던 뱃속도 잠잠하다.

파블로프의 개. 실험에서 애초 종소리와 개의 침 분비는 전혀 상관없었다. 종소리와 고기를 관계시켜 자극을 주다 보니 나중에 개는 종소리만으로도 침을 흘렸다. 그래서 개의 행동을 통제할 수 있게 된다는 행동심리학 이론이 조건반사다.

책상에 앉았다 하면 입이 궁금하다. 이내 침이 고인다. 나는 오래전 이미 파블로프의 개가 돼 있는 걸까. 종소리에 침을 흘리는 개. 파블로프가 살아 있어 나를 보고 있다면, 아마 고개를 크게 끄덕일 것이다. 개 대신 나를 실험용으로 내놓으면 좋겠다고. 다만 그의 눈은 종이 아닌 내 책상머리에 머물 것이다.

동전 한 닢 나지 않는 글줄 쓰면서, 엉뚱하게 파블로프의 개를 생각하고 있는 내가 우습다. 오랫동안 종 대신 먹거리를 들이밀어 온 사람이 있다. 아내다.

언제부턴가 나는 실험됐다. (2016)

우후죽순

　불끈 솟은 것에 대한 담론이 반드시 필요한 것은 아니다. 그것은 이미 가설이 아닌, 결과로 정리되면 좋다. 다만 기존의 견고한 장치를 뚫는 데는 천공穿孔 그에 못잖은 엄청난 힘이 있어 가능한 것인데, 후일에라도 그 힘의 근원에 대한 진지한 탐구는 반드시 있어야 하리라는 의지에 무게가 실릴 수밖에 없다.

　그새 길을 내기 위해, 또 시간의 선택과 주변 환경조건의 적정 여부와 조율에 연신 골몰해 왔음을 토정하지 않을 수 없다. 고난의 여러 밤과 번잡한 일상의 낮들을 뒤척이며 준비하느라 고심한 이력을 열거하려 하지 않는다. 그보다는 네 탄생 이후의 전개가 더욱 설레게 될 것이라 당장의 조바심을 수습하는 게 급선무다.

　파격이었다. 그런데도 개벽처럼 천지를 뒤엎지는 않았고 주위를 압도할 만한 외마디 고고성도 내어지르지 않았다. 두꺼운 껍질을 벗고 나온 뒤 일정 시간 이어지며 숨죽인 채 흐르던 침묵의 시간, 그 시간의 의미가 나를 흔들며 한동안 싸고돌더라. 너저분한 일상 속을 서성거리던 내 앞으로 허공을 가르며 솟아난 네 탄생설화가 경이롭기만 하다. 하르르 꽃이 피어나듯 하늘이 열리는 순간, 천방지축 지나던 구름도 무심코 멈춰 서던 그 시각에 나는 정신을 놓아 버렸더니,

이내 가슴이 요동쳐 오더라. 종당엔 온몸이 떨려 말조차 어눌했다. 곧바로 이어지던 한 움큼의 물이 그리웠다. 조갈과 목마름의 순간순간들.

아직 연약하니 미풍에도 휘적거려 몸 가누지 못할 것이다. 하지만 간단없이 겪어야 하는 시련이 눈앞으로 성큼 다가올 것이야. 그래 왔던 네 붙이들의 오랜 내력처럼 알음알음 끌어안아야지, 한 발짝이라도 비켜서지 않아야 한다. 이 아침, 비 올 듯 건들대는 샛바람이 오는 쪽으로 서툴지만 첫 걸음을 내딛어야지. 먼 데서 내려 온 햇살이 부챗살 모양으로 포근히 감싸 안는 오월이 어머니 품으로 와 있다. 느닷없이 안기고 싶다.

구름이 궤도를 찾아 가던 길로 흐르고, 포르르 한 마리 새가 앉았던 가지를 떠나면서 마당이 한 번 휘청한다. 네 허우대가 훤칠하게 다가오는 아침이다. 그새 너끈히 두어 뼘은 자랐구나. (2018)

종소리, 문장으로 흐르다

1_

허투루 종적 감춰 버린 일탈 아니다. 산산이 깨어진 파열도 아니다. 훨훨 날아가는 자유, 가지런히 번지는 파장이다. 진원에서 밀려난 것이 아닌, 신명나게 빠져나와 자유분방한 율격이다. 째졌거나 깨진 것이 아니다. 연못 위로 미끄러지는 물무늬 같은 번짐이 먼 데로 굽이치는 파급波及이다. 소리 없는 미성美聲이다.

2_

자음과 모음의 조합이 아니어도 한밤중 하늘을 찢는 천둥소리거나 숲으로 잠적하며 숨죽여 게워내는 새소리 따위가 아니다. 애초에 한낱 음향임을 거부했다. 영혼이 스며든 우리음운, 순일한 열정의 말이다. 규율하는 문법이 없고 글로 적을 수도 없는, 그러나 그것은 분명 언어다. 사람의 말이다. 흐르는 우리말 소리다.

3_

잔풍한 날 바람의 등에 업히지 않아도 신기하게도 흔들리며 운신한다. 역동적으로 담대하게 운동한다. 꽉꽉한 허공의 저항을 밀어내는 탁월한 행진, 나아감의 귀재다. 때로 뒤척이거나 멈칫거릴지라도 주저앉지 않는다. 지나온 먼 역정을 뒤돌아보며 더 아득한 길 위로 펼쳐진 고단하나 쉴 새 없이 흐르는 날갯짓이다.

4_

때로 천성처럼 태어나던 날의 그 싱그러운 소리로 운다. 저대로 울뿐, 어떤 손의 충격으로 우는 것이 아니다. 울음이 전설에 닿았을는지도 모른다. 그렇게 흐느끼며 오열하는 순정한 속울음인데도 소리 청랑하매 도저한 그 깊이를 알 길이 없다. 옛날 어머니의 울먹이던 기원의 언사로 들리니 은연중 나는 비손해 있다.

5_

절정에 이른 자만 딛고 서는 성소聖所, 쏟아지는 별들처럼 그곳으로 내리는 성스러운 복음이다. 거역할 수 없는 마음에 샘솟는 말씀이다. 속으로 번뇌하며 흔들리다 침묵에 이르는 묵상이다. 기도의 근원으로 잦아드는 소리다. 귀를 열어 놓아도 들리지 않는 이에게도 그것은 노상 질타가 아닌, 촉촉한 성찰의 음성이다.

6_

불화를 다스리느라 온밤을 새웠다. 허위허위 언덕 넘고 굽이치는 골짝을 지나 질펀한 풀밭을 신발 벗어 들고 맨발로 달려온, 그리하여 다리품을 저버리지 않아 그 자락에서 딩~딩~딩 딩 딩~딩~딩 울고 울어 용서와 화해의 화음으로 울어. 내 아이들 커 올 적 서너 살 아이 때 두 볼에 살포시 퍼지던 그 웃음소리로 울어.

7_

눈부신 햇빛에 웃어 버리는 숨 찬 희열의 순간을 기다려 한 마리 새로 날으는 서늘한 환희의 노래. 오래전부터 그리고 그리던 미지와 동경의 그곳을 향해 끊임없이 흘렀거니 이제 막 손 벋어 만져지는 나아감의 흔적. 울결을 흔들어 깨우는 웅숭깊은 영혼의 노랫소리 내 머리맡으로 내린다. 나폴 나폴 꽃비로 내린다.

8_

논리를 무질러 존재를 바라보는 응시다. 허구한 날의 매진에 목말라도 생명은 파당임으로 흐르는 거지만 한꺼번에 내뱉지 않고 암팡지게 맨살의 그리움으로만 되뇌는 간절한 독백이다, 절규하되 울부짖지 않는, 그러면서 줄줄이 터져 나오는 강렬한 해체의 욕구가 타성의 단단한 벽을 허물어 허공으로 자맥질하고 있다.

9_

쇄르르 쇄르르. 고독처럼 견고한 어둠속으로 몇 개의 문이 열리는 소리. 그 뒤로 영어의 몸이 오금 펴고 나와 대지 위에 벌렁 누워 구름에 실려 둥둥 빛으로 흐르는 소리, 유정하다. 새벽의 정확성을 위해 부스스 수련이 민낯을 여는 소리. 소리가 다른 인연의 소리로 이어지더니 밤을 지나 어둑새벽으로 흘러 장엄하다.

10_

원초엔 내게 티끌이 없었다. 남루하지 않은 언어로 명징한 문장을 썼다. 이제, 풀잎 끝의 빗방울 같은 영롱한 감성이 풍덩 아이의 맑은 눈망울 속에 빠져들어 뒤척이는 감미한 소리, 그거면 된다. 한 줄금 소낙비가 지나고 앞산 깨우는 솔바람이거늘, 내 문장이 일어나 곤두 서는 자신감, 이 어중잡이를 다독이는 종소리여! (2018)

무너지는 경계

변한다. 사람이 변하고 사물이 변하고 환경이 변한다. 시간의 누적으로 퇴화를 이끌고 나면 종당엔 서로 간의 경계를 무너뜨린다. 무너진 경계의 끝자락에 새치름히 앉아 눈을 빛내고 있는 달라진 이쪽 모습, 진화.

정원을 만들어 스무 해가 지나면서 나타난 변화가 있다. 나무와 나무, 나무와 돌의 경계가 애매해진 것. 밀식한 나무들이 키를 키우고 몸집을 불리면서 공간을 메우고 돌을 덮으며 경계를 무너뜨리고 있다. 그래도 틈은 있어 바람이 지나며 숨통을 틔운다. 존재에게 간격은 통로요 출구다.

남녀 구별이 안되는 세상이다. 머리 모양이며 옷차림에 남녀의 경계가 무너지고 있다. 여자가 남자처럼 짧은 머리를 하고 남자도 긴 머리에 귀고리를 한다. 예뻐 보이려고 남자도 성형하고 화장도 한다. 그런 모양에 그렇게 차려 입으면 언행도 사고도 따라갈 것이다. 나처럼 아둔한 눈엔 남녀유별이 혼란스럽다.

꽃가게 앞을 지나는데, 꽃들이 철 아닌 때에 나왔았다. 계절을 잊고 있다. 5월 장미, 10월 국화는 옛말이다. 눈앞의 사태에 상식이 물구나무서고 감성과 관념이 충돌한다. 가을 초입이면, 들머리 갈바람에 저만치서 손짓하던 코스모스가 여름 땡볕 아래 색색이 맵시를 뽐낸다. 가을에 피는 것은 천연이고 한여름의 것은 육종기술이 피워 낸 인공의 조작이다.

'국화야, 너는 어이 삼월동풍 다 보내고 낙목한천에 네 홀로 피었나니, 아마도 오상고절은 너뿐인가 하노라'던 국화, 이제는 더 이상 가을꽃이 아니다. 사철 핀다. 황국, 백국에 기묘한 혼색까지 종류를 헤아리지 못한다. 동양의 시인묵객이 사군자를 치며 화의畵意로 품어 온 국화 고유의 정서가 파괴돼 버렸다. 꽃이 경계를 허물어 본래의 존재감에 손상이 온 것은 아닌지 우려된다.

그나마 들에 피는 들장미며 들국화 구절초는 뜻을 굽히지 않아 철을 어기지 않는다. 티 하나 없으면 흠결이게 완미한 벽공을 이고 소슬바람 이는 황량한 들판 이운 풀 무더기 속에서 저들을 만나면 미더워 바투 다가앉는다. 걸음을 멈추고 눈을 맞춘다. 계절의 경계를 무슨 금과옥조인 양 붙들고 있으니 야무진 녀석들이다. 예나 지금이나 믿을 건 자연이다.

품엣 자식이라는데, 지나고 나니 아이들 커서 어른 되는 게 삽시간의 일이었다. 칭얼대던 어린것들이 학교를 나오더니 어엿한 어른으로 성장했구나 하는데 어느새 이제 쉰이 된다며 나를 굽어보고 있다.

몸만 큰 게 아니다. 걔들 머릿속이 꽉 찼다. 지식 언어 철학 정보 물정 인생, 어느 하나 나보다 못한 게 없다. 더욱이 걔네는 일을 하는데 내겐 일이 없는 이 적막함. 자식에게 기대어 묻고 배워야 할 판이다.

내 손에 끌려 걸음마를 익혔고, 내 입에서 처음 모국어가 터졌고, 처음으로 한글과 산술을 가르쳐 주며 세상에 눈 뜨던 아이들. 한때 나랑 시소를 타더니 이젠 아니다. 나 혼자 공중으로 겅중 올라가 있다.

자식과의 경계가 소리 없이 와르르 무너져 내린다. 실하게 충만한 아이들과 쪼글쪼글 궁색한 나. 분명하던 경계가 가뭇없다. 일실이다.

TV에서 보았다. 친정어머니를 모시고 사는 막내딸 이야기에 눈을 떼지 못했다. 허리 꺾여 땅만 보며 기다시피 하는 노모를 딸이 손잡고 길을 가다, 나중엔 등에 업는다. 예순 다섯 살 딸이 구순 어머니를 업었다.

주고받는 말. "엄마, 내 등에 업혀요. 어서." "아이고, 무거울 텐데, 이를 어째." 가슴에 옹이로 박혀 왔다. 늙어 가는 딸이 어미를 부르는 말 '엄마!' 어미에게 업히던 등이 이젠 그 어미를 업었다. 역전됐다. 그들 모녀 사이에 경계는 이미 무너지고 없었다.

머릿속이 번쩍 튄다. '퇴화인가, 진화인가. 진화를 거듭해 온 딸이 이미 노쇠기에 들어섰으니 둘 다 퇴화다.' 무슨 상관이랴. 화가라면 그리고 싶을 저런 풍경은 만나기 힘들 것이다. 한국은 역시 유교의 나라다.

내가 사는 읍내. 내려올 때는 시골이었는데 이젠 아니다. 많이 변했다. 동산을 깎아낸 터인데 땅값이 몇 십 배로 올랐다지 않나. 한길에 나서면 오가는 차량들로 번잡하다. 옛 길이 아니다. 도농 간의 경계가 무너지고 있다.

변화에 가파르게 흔들리는 마을을 바라보다 아파트가 편하다며 동네를 떠난 몇몇 을 떠올린다. 나이 들면 죽자 사자 하는 이 정원 치다꺼리도 만만찮아 짐스러울 것이다. 단지 예감이 아니라 현실로 다가오고 있는 것 같다. 어찌해야 하나. 갈등의 너울이 일고, 마음속으로 씽 하고 날 선 바람이 지난다.

해 설핏하더니 어느새 마당에 내린 산그늘이 길다. 먼빛으로 오는 모호한 어둠의 저 색이 또 하나 시간의 경계를 무너뜨릴 것이다. 내가 있는 이곳과 한 발짝씩 내딛으며 가고 있는 저곳과의 경계. 그것은 신의 영역이지 사람의 소관이 아니지만, 어차피 무너질 경계다. 점차 좁혀질 것이고 머잖아 넘어서게 되리.

사위 어스름한데 공연히 심난하다. 옥상에 올라 서편이나 바라볼까. 무너지며 저녁과 밤의 경계에 피어나는 색의 마술. 저녁놀이 고울 것이다. (2016)

있음과 없음

있음과 없음은 존재와 소유에 관한 그것들의 유무다. 존재의 유무와 소유의 여부다.

존재는 실체로 부피만큼 공간을 점유하고, 소유는 유·무형의 것으로 공간을 차지하되 유동적이라 금융에 맡긴 재화처럼 그것을 뛰어넘을 수도 있다. 둘 다 시간을 벗어나지 않고 그 안에 머무른다. 그러나 언제든지 형질이 변하거나 소멸하면서 제 자리를 떠난다. 일실逸失하는 것이다. 시간의 한계를 넘어서지 못하는 데서만 서로 공통하다.

존재는 가시적인 것이라 태어나 성장하면서 오늘에 이른 것으로 그것의 확장을 눈으로 볼 수 있다. 그리고 그 어간의 변화, 이를테면 몸의 크기와 변화 따위를 계량화하게도 된다. 성장엔 발달단계가 있고 체계적이다. 또 변화무쌍하다.

늙어 가는 내게도 한때 스무 살, 서른 살이라는 풋풋한 시절이 있었다. 그 시절, '나'라는 존재를 역동적으로 팔딱거리며 종횡무진 휘젓고 다니게 했던 것은 젊음이었다. 탈주선에 오른 사람같이 감성이 통제를 벗어나 질서를 깼다. 꿈을 향해 튀어 오르고 때로는 눈앞의 벽을 허물려 덤볐다. 침묵 속으로 입을 다물었다가도 울컥해 울부짖으며 허공에다 펑펑 눈물을 쏟기도 했다.

무너지면 패대기쳤고 찢어질 듯 노호했다. 그것은 자신을 향한 조건 없는 몸부림이고 막연한 저항이고 반란이었다. 요행이게도 그러면서 나는 한 존재로서 변신에 성공해 갔고 그렇게 성장하고 성숙했을 것이다.

하지만 나이 들면서 점차 위축돼 왔다. 그것을 섭리라는 테두리에 가두며 합리화에 급급했다. 무모하게 바위라도 칠 것 같던 파괴공학이 몸을 비우고 떠나 온데간데없다. 불끈 땅을 치고 하늘을 날 것 같던 만용, 지금은 눈앞이 가파르다. 구름을 끌어안으려던 기고만장한 기세가 제풀에 꺾이면서 오르막 앞에 서 한 걸음이 아쉬운 지경이다.

사물을 뚫을 것 같던 형형한 눈빛도 그새 사그라지고, 내가 딛고 선 한쪽 터수의 축 하나쯤 뒤흔들던 바리톤 목소리도 삭고 축축이 눅어 버렸다.

있음과 없음, 그들은 서로 간 상대적인 것이라, 몸이 존재를 축내며 무너져 내린다고 덩달아 지니고 있던 소유까지 버릴 이유는 없다. 하지만 무얼 지닌다는 데 별 흥미가 유발되지 않는 무력함을 동반하며 오는 소유에 대한 전에 없던 무욕無慾의 초월 의지, 그것이 오히려 내 허기를 채워 충만케 하는 이즈음이다.

적은 것에서 자족한다. 많이 혹은 귀히 지닌다는 것의 가치는 무모할 뿐이라는 낯선 이 인식체계의 정립正立이 새삼 놀랍다. 이야말로 어리둥절하게도 별 일이다.

영생永生하는 것은 아무것도 없다. 수많은 생명들이 나고 자라고 죽음에 이르는 과정을 거쳐 왔고, 또 그렇게 흐른다. 질서정연은 생성과 사멸의 순환법칙이다. 그것의 셀 수 없는 반복이 진화의 원리가 돼 온 것이 당연함을 익히 나는 안다.

목숨 가진 것들은 순간순간 죽어 간다. 죽음은 생멸이라는 자연의 유통구조다. 존재가 소멸하면서 떠나 그가 차지했던 공간을 비우니, 있음 곧 없음이다.

여백의 변통 없이 짜인 각본대로 흐르는 자연스러운 연출일 뿐, 간여할 것이 아닌 사람 소관 밖의 일이다. 한 치의 간극도, 차질도, 거치적거림도 없는 매우 능숙한 자의 천연덕스러운 진행일 따름이다.

나는 지금 이 순간, 인생이라는 마당극의 무대에 섰거나 혹은 객석한 귀퉁이에 앉아 있을 것이다. 무대든 객석이든 척척 호흡이 맞으니 마당극이다. 주객이 한 덩어리가 돼 넘실거린다. 인생이라는 극이 펼치는 생의 파노라마와 기·승·전·결에 울고 웃는다. 죽음이 다가오는 서슬에 숨이 꽉 막혔다가도 아침이면 까맣게 잊어버리고 세상 속으로 빨려 들어가는 사람들의 길고 긴 행렬의 의미는 무엇일까.

우리 사람이란 모두 그렇게 살아왔고 지금 그렇게 가고 있다. 또 끝없이 그렇게 흐를 것이다. 깐질긴 존재의 속성이다. 그럴진대 웬 소유인가. 소유란 속절없는 지님 이상도 이하도 아닌 것을.

흐르는 것을 그냥 덧없다고 할 것이 아니다. 존재로 내보인 과거가 그랬듯, 내보이고 있는 현재의 나는 얼마나 소중한가. 허투루 봐서 안될, 나는 엄연한 존재로 이 거대한 현실이라는 공간과 흐름으로 변하는 무변의 시간 속에 '있음'으로 있다. 깨달음이 아니라 이것이 오래전부터 익숙해 온 삶의 방식으로 돼 있었다.

소유는 존재의 주변을 서성이는 또 하나의 '있음'이다. 하지만 존재가 떠나고 난 빈자리에 소유란 없다. 있던 자리엔 바람만 들락거리고 없음만 남아 허적하다. 눈물겹게 외롭다. 영혼만 남아 눈을 껌뻑거린다. 몸이 떠났는데 무엇을 지닐 것인가. 존재와 소유는 둘이 아닌, 하나일 수밖에 없는 샴쌍둥이 같은 것인지도 모른다.

읍내에 살고 있는 단층 집 흰 채가 등기부등본에 권리증으로 남은, 내가 지닌 최종의 소유다. 단지 이것 하나다. 시내 아파트 한 채와도 맞바꾸지 못하는 이걸 소유라 하겠는가.

내가 깎아 내 터를 닦았다는 동산 위에 높이 앉아 있어 존재이고, 이곳 덤불숲 잎 그늘에 낮게 누워 있어 있음일 뿐이다. 그렇다더니 미상불 시간이 떠나지 않았다. 내 안에 아직 시간이 머물고 있으니 존재로 있음일 뿐, 시간마저 떠나고 나면 빈자리로 남는다. 무화無化하고 마는 소유, 있음은 종당에 없음이다.

비 갠 뒤라 저녁놀이 고울 것이다. 어둠이 내리기 전에 옥상에 올라 자연의 채색에 녹아들고 싶다. 현란한 것도 가치이면 잠시 지닐 일이다. (2016)

마음자리

　마음에도 바탕이 있다. 그것은 무형이지만 갖가지로 모습을 바꾸며 존재를 드러낸다. 마치 한 장의 종이처럼 얇고 여려 물 한 방울만 먹어도 삽시에 번진다. 쫙악 퍼지는 궤적의 가장자리에 앉아 독특한 제 문양을 아로새길 때, 우리는 그 속내를 눈으로 보며 손으로 만지작거린다. 색에 몹시 예민해 물들면 본연의 흰 바탕이 사라져 버린다. 그런다고 마음이라는 본성이 소멸하지는 않는다.

　마음은 안 보일 뿐 분명 존재한다. 울고 웃고 흥겨워하거나 괴로워하는 바탕 한가운데 자리해 사람을 움직인다. 일체유심조一切唯心造다.

　마음이 움직이면 결이 인다. 쓰면 발현하고, 때로는 마음씨로 모양을 나타내기도 한다. 결이 일고, 발현하고, 모양을 나타내는 마음은 때로 드세어 그것을 안에 갖고 있으면서도 주체하지 못해 전전긍긍하는 수가 있다. 마음이 곧잘 이성의 제어를 넘어서기 때문이다.

　마음자리로 해가 솟아오르고 달이 뜨고 별이 쏟아져 내리고 구름이 형형색색으로 지난다. 거기다 사철 허공을 지나 계절 속으로 부는 바람. 언덕배기에 올라 바다를 굽어보면 일렁이는 물결이 둘둘 말려와 마음에 닿는다. 정신이 어수선했던 이유가 바로 내 마음자리에 있었다.

겉으로 고요하고 담담한 것 같아도 실은 아니었다. 내 마음이 한 장의 종이처럼 얇고 여린 걸 깜빡 잊고 있었음을 깨닫는다. 그것은 삶 속에 가라앉아 현실이라는 외물外物에 감응하고 있었던 것이다.

사람은 사회라는 통속에 뿌리박아 삶을 영위한다. 통속은 본래 북 새통으로 저자 같은 것이다. 사람 사이에 부대끼노라면 거기서 오는 크고 작은 자극이 마음자리에 물결을 일으킨다. 물결은 잔잔하기도 하지만, 성나면 역동적으로 너울 치기도 한다. 목 놓아 소리치며 우는 물결은 무섭다. 감응이 극에 달한 것을 물결이 풍경으로 보여 준다. 물이 가라앉아야 본연으로 돌아가 안온을 되찾는다. 마음의 평화 가 그때 찾아든다. 사람의 마음자리는 바람에 물결을 일으키다 바람 이 자면 자연 고요한 상태로 돌아가는 바다다.

시도 때도 없이, 내 마음자리에 물결이 일어 바다로 흔들린다. 마 음이 흔들린다. 물결은 거침없이 종심從心의 품격을 무너뜨리고 내 정신의 존재 기반을 엎질러 놓으려 한다. 아직도 무엇을 더하려 덤비 고, 시도하려 하고, 더 확장하려는가. 그런 낯선 자신을 발견하고 놀 란다.

탐심을 버리지 못하니 마음자리에 물결이 일어 잔잔한 날이 없다. 내가 나를 다스리지 못한 채 내 마음이 나를 자꾸 끌고 가니 거기에 부질없이 끌려 다니는 내가 고민이 커지는 꼴이다. 물결을 잠재워 평 정을 찾으려면 모든 것을 내려놓아야 한다. 안식하는 것이고 관조이 고 본성의 자리로 돌아가야 하는 것, 어디에도 물들지 않는 것, 어떤 것에도 걸림이 없는 것이다.

"나는 누구인가." 화두 하나 짓고 싶다. 내 행동거지에 의문을 일으켜 해답을 구해 보면 어떨까. 화두를 가지고 공부하면 간절한 마음이 나를 본연으로 돌아가게 할지 모른다. 얼마나 열중해야 하는지, 얼마나 뜨거워야 하는지 모르지 않는다. 닭이 알을 품 듯, 고양이가 쥐를 잡을 때같이, 어린아이가 엄마를 생각하듯 푸근히 격렬히 따뜻이 그렇게.

억지로 떼써 내는 마음이 아니다. 밤새 토정하며 먼 길 울어 예는 새처럼 그렇게 화두 하나에 간절히 매달리고 싶다. 갈급渴急하다. 간절하면 마음자리에 일던 물결이 잔잔해지리라는 일념으로 나는 간구한다. 화두 이전의 마음자리, '참 나'로 향하는 길에 들려 함이다. 핵심은 화두를 풀려는 마음이 아니다. 그 핵심을 알고 싶어 하는 마음의 유지다.

세월이란 늘 지나고 나서야 아쉬움으로 남는 곡절 같은 것. 더께로 속절없이 쌓이는 게 연륜이다. 어느새 종심의 나이가 번개처럼 그 절반을 치고 나가고 있다. 크게 깨닫지 못할지언정 이 나이를 등에 업고 서서 선·악·미·추를 넘어선 담담한 경지에 이를 수는 없는 것일까. 마음자리에 물결이 일다 자면서 본래로 돌아간 어느 해 바다의 고요처럼.

"시는 심心에서 근원한다."고 했다. 문학은 마음의 표현이다. 그러므로 마음자리에 피는 꽃 같은 것이다. 세상사에 눈을 뗄 바 아니나, 나로선 절로 한계다. 민감하면 심한 조갈燥渴이 와 가슴에 화火가 들불처럼 번지니 잠시 눈을 감을까 한다. 이 웬 혈기인지 바깥을 내다보되, 날을 세워 덤벼들진 않으려는 것. 잔잔한 마음자리에 푹신한 방석 하나 깔고 앉아 글줄이나 쓰려 한다.

요즘 신문에 칼럼을 내고 있어 운세運勢를 얻었다. 내게 칼럼은 세상으로 나가는 출구이고 고샅으로 돌아오는 퇴로다. 현실을 바라보며 마음을 담아 내고 싶다.

결국 나는 글쓰기로 화두 하나를 짓는 중이다. '칼럼의 수필화'가 그 표방이다. 손쉽게 손이 가는 마음자리 어느 언저리를 돌아가며 시렁을 걸어 놓고 칼럼과 수필, 두 장르를 재어 놓고 싶다. 화두가 간절하면 대오大悟에 이른다 했으니, 기대를 저버리지는 말아야지.

물결이 마음자리를 뒤흔들기도 하지만 바람이 자면 이내 잔잔해진다. 나는 요즘에야 물결 잔 뒤의 고요를 기다리고 있다. 간절하다.
(2017)

수화手話를 넘다

　수화는 농아聾啞의 일차 언어다. 입으로 하는 구화口話아닌, 손의 말 수화手話다. 손의 움직임과 얼굴 표정과 몸짓으로 표현하는 시각 언어, 손이 그려 순간순간 허공에 걸어 놓는 그림에 고개를 끄덕이는 희망의 따뜻한 신호다.

　그것은 무채색 파스텔 톤이지만 때로는 쏟아지는 광휘로 현란하다. 수화로 말하는 사람과 눈으로 그것을 듣는 이가 만나면서 하나의 회로에서 마주치는 순일한 그때의 빛, 아침의 서기瑞氣 같은 것이다. 빛이 들어와 마침내 어둠의 자락을 걷어낸다.

　농아는 적막한 세계에 닫혀 혼자 산다. 수화가 없으면 세상과의 단절로 미쳐 버릴지 모른다. 엄밀히 말해 청각장애인과 농아는 다르다. 청력이 일정 수준 좋지 않은 장애와 달리, 청각장애인 중 듣는 능력이 거의 없는 심한 난청이 농아다. 눈앞 지척의 거리에서 강풍으로 소리쳐도 알아듣지 못하는 사람이 농자聾者다. 그래서 귀 막은 사람을 일러 절벽이라 한다. 애잔하다. 절벽은 얼마나 아뜩한가.

　80데시빌을 넘어 90데시빌, 고도의 난청이 농聾인데, 수화는 듣는 능력이 전혀 없는 농자의 손과 몸을 움직여 하는 의사소통의 유일한 통로다. 몸으로 표현할 수 있는 기호, 모든 것을 동원하면 소통이 좀 더 커서 좋다. 그것은 굵은 듯 섬세해 입술 모양과 떨림과 웃음과 눈빛까지 모두 사용할 때, 비로소 물 흐르는 소리가 들린다.

오래전, 지인이 지적장애인 시설을 여는 날 개원식에 참석한 적이 있었다. 날씨가 이른 봄 꽃샘으로 고초 당초보다 맵다. 행사가 앞마당에서 진행되는데, 한 젊은 여인이 앞에서 손짓 몸짓을 한다. 수화 통역이었다. 사람들이 입김을 호호 불며 손을 떼지 못하는데도 전혀 추운 기색을 않는 근기에 놀랐다. 수화하는 모습이 예사롭지 않다. 필요한 사람들에게 소통의 언어를 손으로 쉴 새 없이 내보내고 있었다. 보고 있자니 한눈에 뼈저리다.

어느새 여인의 짓의 말에 끌리면서 이내 그 자장 안으로 빨려들었다. 수화를 모르는데도 그것은 이상한 울림이었다. 한참 뒤 뭔가 조금 들리는 것 같았다. 나중엔 소리 없는 수화가 먼 천둥으로 내 고막을 흔들었다.

눈앞, 내 영혼의 창가로 시 한 편이 내렸다. 받아쓰기 했다.

벽을 허무는 소리/ 안 들려도 들리는 말

오그리고 펴고/ 손가락이 원으로 구르다가

한 뼘 허공에다 가령/ 절묘한 부호를 그려

말하는 꽃으로 피어날 때/ 뇌성이거나 낯 찡그린 분노

붉어지는 눈시울 펄럭이는 감격/ 찰랑찰랑 넘칠 때

치열 가지런한 웃음이/ 손가락 뒤에 숨어

영혼이여, 빗장을 풀어라/ 풀어라 햇살에 녹아들면

꽁꽁 닫쳤던 문이 / 소리 없이 열리는

(졸시 〈手話〉 전문)

그날 수화는 내게 시를 내린, 작지 않은 충격이었다. 자음과 모음을 조합해 언어를 빚어내는 손가락 연기만큼이나 그녀의 표정은 절박했고 조직적이었다. 전달하고자 하는 뜻이 하나에 모아지면서 그 눈빛은 더욱 강렬해 갔다. 청자와 화자 사이를 잇는 그것은 단순한 짓의 연희演戱가 아닌, 영혼의 교감이었다.

집에 돌아온 나는 그날 달 숨은 밤, 찬란히 쏟아지는 별무리를 우러러 수화에서 한 발짝 더 나아가 있었다. 운보 김기창 화백의 그림으로 진입했다. 아잇적 병을 앓아 고열로 농아가 된 희세의 화가. 그에게 여덟 살 아이의 공간으로 회상되는 언어는 없었다. 그럼에도 그는 그만의 세계로 깨어났다. 수화가 열어 준 인간세상에서 그는 혼자 부침浮沈을 거듭했을 것이다. 활활 타오른 그의 예술은 불꽃으로 찬연했다.

대저 그러했다. 그는 수화를 넘었다. 화가로서의 그의 입지는 난공불락으로 높고 견고한 성채를 쌓아 거기 깃발을 꽂았다.

역동적인 힘찬 필력, 풍속화에서 형태의 대담한 왜곡을 거쳐 추상의 극한에 이르기까지 갔다. 구상과 추상을 넘나들며 두 세계를 망라해 그림에서 그가 구사한 영역은 신선했고, 화의畵意는 넓었으며, 소리 없으므로 침묵은 깊었다.

그는 '소리를 잃어버린 말 없음의 세계'에 갇힌 자신의 아픔을 그

림으로 노래하기에 이르렀다. 갓 쓰고 붉은 도포를 휘두르고 앉아 거
문고를 타고 장구를 치고 아쟁으로, 소리에 대한 그리움을 개나리 활
이 지날 때마다 아쟁아쟁 그렇게 울었다. 범인의 상상을 저만치 밀어
내고 화성으로 변주하는 그의 대표작 〈악사〉.

놀랍다. 그림의 밑바닥을 도랑으로 소리 내어 흐르는 소리 없는 소
리, 인간의 아픔과 농아의 고뇌를 그림으로 그려냈으니….

그는 수화를 훨씬 넘어 날았다. 손의 말을 넘어 영혼의 말에 닿았
다. 개안開眼이었다. 나는 그의 독백에 귀 기울일 때마다 숨이 꽉 막
혀 온다.

"공기가 흐르고 바람이 불고…. 그런 걸 느낄 수 있어…. 악사를 그
리면 풍악까지 들리는 것 같아…."

내 졸시 〈手話〉는 운보의 삶에 닿지 못한 채 변죽만 울렸을 뿐이
다. (2017)

관점

꽃이라고 향기가 같지 않다. 짙고 진한가 하면 얕고 묽기도 하고, 코를 들이대 흠흠해도 향기를 맡을 수 없는 것도 있다. 그 농담濃淡이 선입견에 좌우되기도 한다. 장미는 고혹적이라 부가가치로 향기가 더 짙고 맵게 온다. 다른 꽃에겐 공정하지 못한 일이다. 향기는 소리나 당도처럼 몇 데시빌, 혹은 몇 부릭스 하고 계량하지 않는다. 관점이 이동하는 빌미다.

부모님 때는 당신들 손에 꽃 한 송이 들고 있던 걸 본 적이 없다. 꽃을 싫어하지는 않았겠지만 그것을 지닐 만큼 삶에 여유가 없었다. 문화적 · 정서적 충돌도 있지 않았다. 그러면서도 한평생 너끈히 살다 가신 분들이다. 관점에 따라 향기는 사치다.

빛깔에 대한 호오好惡, 이를테면 내가 봄을 좋아하는 근본은 연둣빛에 대한 우호적 감정에 연유할 것이다. 반들반들 봄 햇살 아래 얼마나 윤기 생광한가. 그것은 마법이라도 한 양, 이냥 멈추지 않고 심록으로 중심을 옮아 가며 계절의 추이를 만들어 간다. 봄이 깊어 간다는 것처럼 희망적인 언어는 없다. 진화하는 모든 것을 끌어안고 싶어 내겐 봄이 정겹고, 핵심에 연둣빛이 자리하고 있다. 이것은 내 주관일 뿐 반드시 보편성을 띤 것은 아니다. 관점의 차이다.

산을 좋아하거나 바다를 찾기도 한다. 그걸 통념의 눈으로 보아 인
자요산仁者樂山, 지자요수知者樂水로 사고의 틀 속에 가둬 버릴 것은
아니다. 인仁이든 지知든 그게 그렇게만 짝 짓는 것은 아닐 테니까.
언제 봐도 그냥 그 자리에 그대로 앉아 있는 부동의 존재감이 좋아
산이고, 너른 품으로 그 많은 생명들을 품고 사철 소리치며 노래하는
낭만의 너른 가슴이 좋아 바다다. 그게 나와의 터수다. 정지는 안정
이고 운동은 존재의 생명감이다. 산에는 산의 냄새가 있고 바다에는
바다의 냄새가 있다. 냄새를 맡는 것은 후각이 하는 일이다. 관점은
가치 기준이나 원칙으로, 때로는 엄연히 잣대의 자리에 있다.

길 가다 민들레의 갓털을 보는 순간 가슴 울렁거리는 수가 있다.
저게 언제 어떤 바람을 탈까. 날갯짓 이전에 궂은비를 맞는 건 아닐
까. 날면 언덕을 넘을까. 골짝이 있고 산이 있을 터인데, 산이 높으면
골도 깊다는데, 어느 심산유곡에 닿을 것인가. 운명이려니. 힐끔 뒤
돌아보다 찻길 앞에서 한 존재를 지워 버리고 만다. 자의식의 의식화
다.

나는 버스를 타고 일상 속으로 빨려든다. 길가의 한 생명을 지나쳤
다고 누가 내게 죄를 지었다 말하지는 않는다. 설령 나처럼 그 앞에
서 서성이며 생명의 외경에 가슴 떤다고 도인이라고 쳐 주지도 않는
다. 여상하게도 관점은 유동적이다.

글쓰기에 게으를 필요가 있다고 말한다. 게을러야 시가 되더라 한
조지훈의 목소리가 우렁우렁하다. 일천하나 한 편의 시가 내릴 땐 내
가 자유로워 있었다. 그래야 시가 되었다. 작위 아닌, 필연에서 영혼

위로 내리는 시 한 편의 황홀.

  종내 나는 붉어진 눈시울로 몸을 떨었다. 전율한 것이다. 그렇게 태어난 시가 〈手話〉다. 90데시빌, 소리를 잃어버린 농아들은 손짓과 눈짓으로 소통하는, 우리와는 딴 세상을 사는 사람들이다. 눈으로 말하고 눈으로 듣는 그들에겐 말을 하는 입과 듣는 귀가 없다. 짓의 언어, 소리 없는 소리의 말—수화처럼 인간적인 따뜻한 기호는 없을 것이다. 수화의 현장에서 그걸 데생한 것이 내 졸시 〈手話〉다.

  …손가락이 원으로 구르다가/ 한 뼘 허공에다 가령/ 절묘한 부
  호를 그려/ 말하는 꽃으로 피어날 때…(부분)

관점은 시를 쓰게 한 계시였다. 시를 짓지 않았다. 받아썼을 뿐이다.

  작품집 평설을 써 왔다. 서른 권에 이른다. 남의 작품을 평하는 게 쉬운 일인가. 신산해 하는 평자 앞에 난이도 너머에 오도카니 인정이 도사리고 있다. 뭣한 말로 숫제 혹평을 달면 수월하다. 하지만 그것은 얼마나 잔인한 언어의 유희인가. 열정적인 작가의 가슴팍에 생채기를 내는 일이다. 문제는 소위 주례사식이라 말하는 단정적인 목소리다. 귀를 간질이는, 뭘 모르는 수작쯤으로 들린다.

  쓴 소리 한두 마디는 잊지 않는데도, 그 대목은 안중에 두지 않으니 한심스럽기도 하다. 기준 없이 허투루 하는 평자는 없다. 관점에서 접근하는 것이지 마구잡이로 들쑤셔도 되는 일인가. 작품의 품격을 말하지만, 한 권의 책에는 반드시 작가의 뼈저린 노고가 녹아 있

다. 가령 수준을 운위하나, 나는 글들 속에서 작가의 영혼을 만난다. 성령性靈과의 조우다. 작품 해설의 관점이 거기서 발원한다. 내 관점은 스스로 시종 존중된다. 문학의 양속良俗이라고 정리하고 싶다.

바람에 나무가 휘청거린다. 나는 이것을 흔들린다고만 보지 않는다. 나무가 스스로 흔드는 현상으로 치환하려 한다. '흔들리다'는 피동인데 '흔들다'는 능동이다. 차이는 문법 이상으로 확산한다.

그렇게 '되는 것', '되어지는 것'과 그렇게 '하는 것', '하게 되는 것'의 차이다. 가만 귀를 기울인다. 바람소리라고 하는 게 나무의 숨소리임에 놀란다. 마음으로 듣고 있다. 나무가 스스로 소리를 낼수록 그의 생장은 맹렬할 것이다. 깨어 있기 위해 몸을 흔든다. 쇄르르 쇄르르 나무가 소리를 내고 있는데, 바람의 소리라 우길 일이 아니다. 그것은 자신을 통념의 굴레에 씌우는 일일 뿐이다.

희수에 이르러 나잇값 하는 데 쫓기고 있다. 관점이 잇달아 흔들리니 걱정이다. 하루 한두 번 산과 바다와 정원의 나무들에게 말을 건다. 답이 있을 것 같은데 아직은 묵묵부답이다. (2017)

행간行間 읽기

별스러운 것은 자극이다. 눈을 확 끈다.

행과 행 사이, 줄과 줄 사이 떼어 놓은 간극이 넓기도 하고 좁기도 하다. 내 눈엔 영문을 알 턱이 없다. 사이는 왜 존재하는 것이며, 거기로 들고 나는 숨결과 주고받은 눈빛, 내미는 손길과 끌어당기는 손의 정겨움 그리고 들락거리며 그때마다 표정과 빛깔이 다른 사계의 바람을 좇고 있는 내게 그것은 그냥 미소만 띤 채 아무 말도 하지 않는 무표정이다. 바싹 귀 세워 다가앉아 보지만 눈에 보이는 것은 겉을 두른 껍질뿐, 무엇을 말하랴 모로 돌아앉아 버린다. 그럴수록 마음은 구름을 잡고 떠다니다 얼떨결에 비상착륙하고 만다. '행과 줄'은 어느새 내게 안으로 깊이 들어와 탐색과 성찰과 통섭의 모티프가 돼 있다. 그들이 긋고 쳐 놓은 짙고 희미한 의미망 '사이'로 들어가 발을 담그면 조금 전까지 살아 숨 쉬던 시간이 아직 떠나지 않고 남아 있을까. 험하고 낯선 길—고봉준령이 기다리고 있을지 모르지만 나는 입던 옷에 간소하게 일용할 먹을거리만 챙긴 채 행간으로 진입한다. 혹여 입질할 게 바닥나면 풀을 먹고 열매를 따먹으면 되는 일이다. 혹 모른다. 행과 줄 사이 손바닥만한 공간에다 소찬 곁들인 몇 끼의 밥이 차려질는지도. 혼자 나선 길, 혼자 찾고 혼자 검속해야 하니 부득이 혼자라야 한다. 내게 길을 한 발짝 등짐 져 앞장 설 안나푸르나의 길잡이 세이프는 없다.

여기 불쑥 저기 불끈 흘립屹立한 산·산·산. 산과 산 사이로 거대한 한 떼의 바람이 몰려 지난다. 거칠게 흐르는 자유가 덥석 눈길을 붙잡는다. 지상의 험준한 자락에 커다란 두 발을 놓아 훑고 지나는 바람은 얼굴 없는 태곳적의 소리로 건너와 오늘의 시간과 겁의 시간 그 엄청난 사이를 부둥켜안아 먼 데로 떠나며 담대한 운신에 막힘이 없다. 주춤하거나 거치적거리지 않는다. 지나온 길을 뒤돌아보지 않고 새소리에 귀 세우지 않더니 길섶에 핀 들꽃에도 눈 한 번 맞추지 않는다. 숫자로 도무지 기록되지 않을 무량無量한 시간의 흐름, 수많은 사람들이 그 행간에 잠시잠깐 나타났다 지워져 갔으리. 그들의 한 생애는 찰나일 뿐. 더 늘리거나 또 되살릴 수도 없는 일과성의 것. 바람에 실려 왔다 바람에 쫓겨 어디론가 가리산지리산 흩어졌을 뿐 그들의 흔적은 아무 데도 없다. 존재는 멸실해 허무하다. 오직 남는 게 있다면 산과 산 사이, 숲을 이룬 나무와 질펀하게 뒤덮인 그때의 풀들, 그것들이 만들어 놓은 이 눈앞의 무성한 행간뿐. 한없이 덧없는 존재란 대저 그러한 것인가. 하지만 산과 산 사이, 행간이 암묵적으로 내게 들려 준 언어는 이대로 존속한다는 것, 끝이 보일 때까지 꿈꾸고 노래하리라는 것이다.

산을 타고 내려 구릉을 지나 평원을 흐르는 물과 조우한다. 실핏줄 같은 무수한 선으로 길을 내며 난삽難澁하게 흐르는 물. 그 선 하나하나가 길인 들판. 그것들의 행간엔 하늘을 우러르며 콸콸 생명의 소리가 흐르고 있다. 재잘재잘 끊일 듯 끊이지 않고 흐르는 소리가 생명을 보듬어 안고 있는 광야의 번지르르 윤택한 풍요. 적당한 간극으로 사이를 띔으로써 살아나는 생명의 현장엔 풀이 있고 나무가 있고 새가 있고 벌레가 있고 짐승이 있다. 한 방울의 물, 한 가닥의 물줄기. 우리가 꾸고 있는 꿈은 애초에 이렇게 발원했다. 작고 가늘어도 지류는 살아 있었다. 힘 있었다. 그것들은 행간에서 또 하나의 지류를 그리고 있다. 둘이 혹은 셋이 서로의 몸뚱어리를 포개 가면서 일렁이는 합류의 큰 흐름으로 눈앞에서 파닥이며 일어선다. 성취는 단지 실현이 아니다. 환희다. 이내 그들은 앞으로 향진向進할 것이다. 꿈틀거리다 찔끔대다 너울 치듯 땅을 가르며 흘러갈 것이다. 막연하던 것이 목전에 나부끼며 푯대처럼 우뚝 선 현란한 지향의 빛. 물이 길을 만나 바다로 현저히 물꼬를 텄다. 강으로, 강으로 가리라. 강을 따라 언덕을 넘으면 턱 앞으로 다가와 있을 넘실거리는 망망대해. 물은 포용과 확장의 귀재다. 그가 깊숙이 숨겨 둔 행간은 무한이다. 이제 노래할 일만 남았다. '바다로 가자~. 물결 넘실 춤추는 바다로 가자.'

결국 집에 당도했다. 팍팍한 다리 두드리며 마당귀 돌 위에 걸터앉는다. 백 평 마당 둘레에 우줄거리며 서 있는 나무들의 군집. 밀식으로 나무와 나무 사이가 좁디좁다. 협착하다. 하지만 그만큼 밀접한 관계로 살갑고 우애롭다. 눈 반짝이며 주거니 받거니 수런거리는 나무들의 싱그러운 언어가 터트리는 영탄과 풀어놓는 서사.

마당가에 채송화가 작은 꽃 숲으로 여름의 한쪽 귀를 장악했다. 빨강, 노랑, 주홍, 주황, 진분홍, 연분홍…. 알락달락 천부적인 탁월한 채색이다. 꽃들의 행간에 전에 없던 색깔이 고운 치장을 하고 들앉았다. 고운 보라색이 절묘하다.

　꽃에서 눈을 뗀다. 나무들이 속살까지 푸르다. 정원의 정교한 행간으로 고이는 여름날 하오의 풀빛 고요. 숨 막히게 적막하다. 이만한 행간으로 값진 시간, 나는 한 편의 시 몇 줄의 산문에 목마르다. 써야지. 내 사유의 행간으로 뚝뚝 지는 순간순간의 언어를 받아쓰기해야지. 어느결 폭염 속, 계절의 행간으로 입추가 들어서 있다. 아, 신세벽 풀벌레 소리! (2017)

뒤틀다

  직선은 단조하다. 한 방향으로 뻗어 변통 없이 곧고 딱딱하다. 곡선은 사방으로 열려 있다. 휘어 감고 껴안아 푸근하다. 가령 효율을 선호하는 도시가 직선이라면, 시골은 한적함을 깨지 않으려 곡선으로 흐른다.

  직선과 곡선의 대비가 상징적으로 나타난 길이 도시 길과 시골길인 것이 흥미롭다. 직선으로 속도를 극대화하려 한 것이 과학이고, 곡선일 때 사람 사는 세상으로 여유가 깃들어 낭만이다. 직선과 곡선은 선명한 두 개의 얼굴이지만, 차별화하되 서로를 배척하지 않고 보듬어 친근하다.

  도시로 난 길은 늘 질주하지만, 시골로 가는 길은 으레 속도를 죽인다. 오랜 습관은 굳어 풍속이 된다. 도시와 시골 두 길에서 속도를 조율하는 것이 고정관념이다. 사람들은 그러려니 해 직선과 곡선 어느 하나를 선택하고 다른 하나를 버리려 않는다. 둘의 경계를 넘나들며 변화 속에 살아간다.

  직선에 질린 도시인들은 길에서 빠져나와 곡선의 길을 즐긴다. 앞만 보고 달리다 곁에 눈을 줄 수 있는 여유를 누리려는 심산이다. 시골길로 접어들었다 아예 죽치고 들어앉아 버리기도 한다. 귀촌이니 귀농이니 하는 것으로, 밋밋한 직선에서 벗어나 그만 곡선의 부드러움에 반해 버리는 것일 테다.

주거를 옮기는 것은 엄청난 변화의 수용이다. 혈기만 가지고 싱겁게 장난치며 노닥거리는 게 아니다. 신중해야 하는 엄중한 일이다. 도시에서 시골로 삶을 부려 놓는 것을 보며 놀란다. 결단하지 않고 되는 일이 아닐 텐데 그런 거주이전이 늘어 간다. 직선과 곡선의 절충, 도시와 시골 간 간극의 해체다.

그런 사람들에게 곡선의 길은 낯설 것이다. 길 위에 서고도 시골길이 왜 휘어 도는지는 시간을 두고 기다리며 보아야 하는 일이다. 거대한 장비가 투입된 길이 아니었다. 애초 사람이 낸 길, 사람들이 두 발로 걸으며 낸 길이 시골길인 것을 알아 간다.

내력이 있었다. 걷다 험한 골짝이나 오르막과 마주치면 우회했고, 자드락 비탈 앞에선 한 번 뒤틀었다. 우둘투둘하면 손수 깎았으며 파이고 갈라진 데는 흙을 날라 메웠다. 수없이 돌고 돌아 기어이 길을 내자 한 게 시골길이다. 한두 사람이 아닌 한 마을 사람들이 함께 산모퉁이를 돌며 땀을 흘렸다. 협동이 낸 곡선의 길이다.

산등성마루에 올라 굽어보거니, 끊일 듯 이어 놓은 시골길이 굽이굽이 눈앞으로 흐른다. 느긋하고 유여한 끝 모를 전개의 우여곡절을 어렴풋이 알 것 같다. 마을을 굽이돌다 빠져나와 산모퉁이를 싸고도는 저 길의 도달점이 사통팔달이란 것도. 그리고 시골길은 곡선이라 우아함을 뽐낸다는 사실의 발견.

은연중 빠르게 곡선 속으로 빨려 든다. 자신을 돌아본다. 이 나이를 살면서 직선만 고집해 왔던 것은 아닐까. 편리만을 위한 기회주의적 편승과 무던히 과정을 뛰어넘으려는 방편이 결과만 바라보게 했을 것이다.

사람을 가르치는 교단에서 생략과 직진의 길 위에 목말랐던 것은 아닌지 몹시 걸린다. 명문대에 많이 합격시켜야 한다고 두 눈에 불을 켰던 입시교육의 현장에서 나는 직선의 길에만 골몰했다. 두 아들을 키우면서도 다르지 않았다. 경쟁에서 뒤지지 말라고 닦달했을 뿐 돌아가게 하지 못했다. 목표의 접근에 집착하던, 그것은 강요된 직선이었다. 한 부분에 갇힌 채 인생의 전체를 둘러보게 한 곡선의 훈육이 아니었다.

직선의 길은 잃거나 놓쳐 버리는 게 많았다. 걷고 나면 후회가 따르는 것을 안 것은 한창 때가 지난 후였다. 인생을 거지반 살아 버린 뒤, 살아온 날들을 뒤돌아보지만 더께로 뒤덮인 시간의 패각들만 널려 있을 뿐이다.

요즘 나는 글쓰기에 대한 회의에 빠져 버둥댄다. 혼자 외롭게 시작한 것인데도, 더는 나아가지 않으니 더 이상 혼자가 고통스럽다.

그동안 내 시, 내 수필이 직선상에 놓여 있었다. 쓰다 봐도 그만한 길에 서 있을 뿐 이렇다 할 변화도 지향을 향한 나아감도 없다. 메타포가 없는 빤빤한 내 시의 매너리즘, 늘 해온 대로 하던 말, 하던 얘기를 중얼거리고 있는 내 수필의 덧없는 답보가 슬프다. 그렇게 이어온 오랜 타성을 질타해 보지만 내 목소리를 들을 심이가 닫혀 감응이 없다.

퇴락해 가는 내 글을 회생시키기 위해 구급 처방을 해야 할 때인 것 같다. 직선을 떠나 곡선을 품어야 하리. 지금까지 잔뜩 안고 있던 먼지 푸석이는 직선 위의 내 언어를 버릴 수 있어야 한다. 시답잖은 어휘 한 둘에 납작 엎드려 끌려가던 굴욕을 탈탈 털고 일어나야 한다. 그저 쓰면 된다는 어휘의 단순 배열과 조작에서 떠나지 않으면 안된다. 나를 훼방 놓는 것은 자기도취였다.

내 언어, 내 표현, 내 목소리를 찾아야겠다. 시도할 게 있다. 직선은 단조하니 틀을 깨뜨리는 것. 직선의 길과 결별해 곡선의 길로 접어들 것을 선언해야지. 가령 내 문장을 한 번 뒤집어 놓는 것. 남루가 돼 보풀로 너덜거리는 내 문장을 객토하듯 갈아엎는 것.

혼몽에서 깨어나라 패대기치듯 내 글을 한 번 되우 흔든다. 뒤튼다. (2017)

신앙 고백

언행에서 종교적 분위기가 묻어 나오는 것은 자연스러운 일이다. 불교에 비해 기독교나 천주교 신자일 때가 더 뚜렷하다. 굳이 신자인 양 하는 게 아니다. 오랜 신앙생활의 체화다. 글에도 사상이나 정서의 토양으로 녹아 있어 읽노라면 종교적 색채가 배어 있음을 느끼게 된다. 사람이 곧 글인데 거기다 무슨 군말을 달 일이 아니다.

나는 자신이 불자라고 생각하고 있다. 그렇게 믿으면서도 이렇다 할 신자다움이 결여돼 있다. 종교에 대해 애매한 것을 숨기려 않는다. 아깃적에 경기를 심히 앓았던 작은아들을 용케 구완해 준 어른이 보살님이었던 인연이 나를 불가로 이끌었다. 그분의 영험은 신비했다. 반세기가 돼 가는 일이다.

물론 아내의 감응이 나보다 훨씬 컸지만, 그래서 우리 내외의 신심은 다르다. 아내는 절에 매우 열심인데 나는 그렇지 못하다. 부처님 오신 날에나 산문을 찾는다. 그러면서 나는 불자다 하고 내놓기가 딴은 쑥스럽다.

오래전, 절을 답사한 적이 있다. 제주 전역에 산재해 있는 130여 사찰을 찾아다니며 절의 안팎을 살피고 스님과 차담을 나누는 행각이었다. 교직에 있으면서 주말마다 답사에 나서서 그만한 발품을 파는 데 여러 해가 걸렸다. 아는 만큼 보인다 하므로 인연법이라는 절에 관한 예절이며 법도도 공부해야 했다. 나름으로 깨달음을 얻고자 애썼던 것이나 큰 소득은 없었다. 나를 탁 치고 불교는 이거다 하는 게 없었다.

백 하나에 이르는 절을 돌아 처음 계획한 목표를 채우면서 사찰 답사기 《내 마음속의 부처님》을 상재했다. 출판사가 기획하는 제주 문화총서에 끼워 냈는데, 부피로 해서 500쪽이 넘는다. 수필로 등단해 세상에 내놓은 첫 번째 작품집으로 이를 사찰수필로 분류해 놓고 있다.

이런 종교적 접근이 나를 더욱 불자의 자리로 끌어올렸던 건 분명하다. 팔목에 단주를 끼고 다니고, 머리맡에 법화경 경권을 놓고 있다. 불자라면 수행 겸 한 번 갔다 와야 한다는 고난의 역정, 봉정암도 다녀왔다. 험산을 걷다 몸이 흐느적거리자 무릎을 질질 끌면서 그 깔딱고개를 기어이 넘었다. 육신은 지칠 대로 지쳤으나 환희에 몸을 떨었다. 내설악의 군소봉이 고개 숙여 경배하는 진신사리탑에 합장해 절하고 돌아온 것이다. 어떤 이가 탑 앞에 일천팔십 배를 올리는 걸 목도하고 놀랐다. 그것도 두 차례를 했다지 않은가.

어려운 길을 가고도 나는 몇 번의 절에 그쳤다. 아내는 지친 몸으로 백팔 배를 몇 번인가 거듭하는데, 나는 엄두를 내지 못했다. 마음은 그게 아닌데, 이상한 일이었다.

마음속 깊이 숨기고 있던 것을 털어 놓는 게 고백이다. 나하고 가까운 이라면 내가 불교신자로 여길 것이고, 자신 또한 그런 행색인 것을 부인하지 않는다. 종교에 방점을 찍으라면 으레 불교인 것은 맞다.

한데 절에 나가지 않고 불자연하고 있으니 이건 아니란 생각이다. 오랜 세월 그 많은 시간 속에서 경 몇 구절이 머릿속에 들어오지 않는다. 법화경 한 품을 백 번 사경한 것도 실은 아내의 원에 겨워 한 것이었다. 불심 깊은 아내인데 비위를 거스르지 말자 한 것임을 이에 고백한다.

기독교인들이 간증한다는 얘기에 귀를 세운다. 그것은 하나님의 존재를 증언하는 일이다. '나를 만나 주신 하나님이 내 안에 충만하다'고 한다. 성령의 빛을 만날 것이다. 천주교인들은 고해성사를 한다. 죄란 하느님과의 화평 관계에서의 일탈을 의미한다고 말한다. 다시 하느님과의 화평을 이루기 위해 죄를 용서 받는 절차적 성사가 고해다. 범한 죄를 성찰하고 통회痛悔하고 고백, 보속補贖하는 과정이다. 통렬할 것 같고 종교적 진정성이 느껴진다.

불교에도 불·법·승에 귀의하는 의식이 있다. 재가 신도나 출가 수행승 구별 없이 석가의 가르침을 받는 자가 지켜야 할 계율에 대해 서약함이다. 수계受戒다. 불제자가 되기 위해서는 반드시 도덕의 기준이 되는 계를 받아야 함을 의미한다. 나도 애초에 그 의식을 치렀다. 연비한다고 왼쪽 팔에 뜸을 놓아 벌겋게 살을 태우는 아픔을 겪었던 흔적이 옛날 우두 자국보다 크게 남아 있다. 그날, 밥 티 하나 남기지 않고 먹고 깨끗이 그릇을 닦는 발우공양을 곁들였던 기억이 새롭다.

남의 밥사발이라 높아 보이는가. 아무래도 불교 쪽은 신도에 대한 구속이 너무 없는 것 같다. 방임하니 나중엔 자유에 쏠려 소속감이 얇아진다. 내가 바로 이런 경우일 것 같다. 경도 하나 제대로 외우지 못하면서 절 주변을 서성거리고 있으니 민망한 노릇이다. '불자인가.'라는 물음 앞에 자괴심을 떨치지 못한다.

그렇다고 신의 존재를 부정하는 무신론자도 아니다. 지나온 이력에서 의당 불자라 해야 함에도 종교적 소속감이 허하니, 나는 무엇인가, 종교적 경계인인가. 종교가 있는 듯 없는 듯 어중간한 경계인. 아내는 신심이 하도 깊어 가까이서 경의를 표하게 하는 보살이다. 수많은 경을, 진언까지 줄줄 외워 읽어 내린다. 집에서도 염불을 한다. 쉬지 않고 이어 가는 걸 보면 그냥 사람이 아닌, 법열을 느끼는 종교인이다. 표정이 편안함을 넘어 평화롭다. 보고 있자니 옆에서 죄스럽다.

법화경의 명호가 '나무묘법연화경南無妙法蓮華經'이다. 평생 만나기 힘든 법화경을 지니고 싶다는 축원을 담은 말이다. 경을 대신해 이 한 말씀에 모든 걸 다 건 사람처럼 중얼거리곤 한다. 이제 어찌하랴. 하릴없이 이대로 늙는 수밖에 없을 것 같다. (2017)

5.

워드프로세서

간신히 걸음을 떼어 놓을 때, 두 손이 자모의 조합으로 국어를 직조하자 내 몸속 어디선가 함성이 천둥으로 터져 나왔지. 얼마만큼의 진폭으로 의식을 흔들었는지 모르나 그 뒤로 속력의 유혹에 빠져든 거야. 뒤뚱거리다 조촘조촘 걷다 몇 걸음 조르르 내딛던 순간순간의 환희가 어느 날 신발을 들메게 했고, 조금 지나자 신발을 벗어 두 손에 잡고 질펀한 풀밭을 바람처럼 달리노라면 포르르 새들이 구만리장공으로 치고 올랐어. 나는 구름을 탔지. 하지만 날갯짓에 익숙한 새는 궤도를 이탈해 오래 날지 못해 추락하는 거야. 빈센트 반 고흐가 스케치를 꼼꼼히 해 색을 올리지 않았던 이유를 알게 됐어. 웬소리에 화급히 나갔더니, 문간 전봇대에 산비둘기 한 마리 앉아 울고 있었어. 파삭 궁한지 허기진 소리더라. 책상머리에 와 자판에 손을 얹었는데 별안간 원고지 생각이 났어. 그땐 방안에 파지가 나뒹굴고 숨이 가팔랐는데, 사유가 깊을 수밖에 없었던 거야. 요즘은 아니거든. 고민이야. 그때로 돌아가야 할지도 몰라. (2017)

종이

작가가 글로 연출하는 무대다. 우물쭈물하지 않는다. 활짝 펼쳐 놓은 하얀 공간에 풀 하나 나 있지 않다. 생명을 품겠다는 의지로 충만하다. 무얼 올려도 되는 넉넉한 수용, 가령 거친 자국에 남루가 돼도 상관 않는, 끝없는 시선施善이다.

그래서 다가가기 두렵다.

늘 독백한다. '뭐든 올려라.' 한데도 주춤거린다. 무제한적 허여가 속박으로 오는 건 이상하다.

무턱대고 받아 앉았다 한 줄 끼적이지 못해 애탈 때, 갑작스러운 내 존재의 실종은 허망하다. 조금 전까지도 의식 속에 구름처럼 일어나던 사유의 꼬투리, 어느 하나 글로 오지 않는다. 어디로 흘렀는가. 의미사슬의 붕괴에 넋을 놓는다.

종이, 쓰고 또 쓰라 눈을 빛낸다. 하잘 대로 하라 늘 웃고 있다.

그 눈빛, 그 웃음이 위안이다. 도로 다가앉는다. 만년필에 잉크를 찍고 첫 낱말을 눌러쓴다. 작은 자취 하나 남기려는 노역을 이어 가지만, 무대는 고요하다. (2018)

마모의 시작

왼쪽 엉치등뼈가 아려 왔다. 대충 지나가려니 했는데, 예사롭지 않다. 점차 통증이 심해 오면서 핵심을 흔들려 한다. 그래도 200이 넘는 몸의 뼈 가운데 하나이고, 척추 부위도 20개가 훨씬 넘는다는데 한둘쯤 가벼운 고장을 일으킬 수 있는 것이라 했다.

명확히 말하면 연전에 아팠던 부위가 도진 것이다. 그때, 정형외과를 찾을까 하다 걷고 있으면 되겠지 하고 우겨 넣었었다. 부지런히 걸으면 낫게 되리라는 우격다짐이었다. 몸 어디가 나쁠 때는 대체로 적신호를 보내왔다. 한데 그런 자각증상도 없는 터라 별것 아니거니 해 심드렁히 여긴 것이다.

아파도 매일 걸었다. 절뚝거리면서도 계속 걷고 있으면 된다는 막연한 믿음이 있었다. 걸을 때마다 중얼거린 말이 있다. 이열치열. 아픔이 열흘 지나고 달포가 넘어 가자 '좋다. 누가 이기나 어디 한 번 해보자. 아무려면 제깟 게 나를.'로 돼 갔다.

오기를 부린다고 한 것인데, 실은 어처구니없는 객기였다. 무모한 짓 같다. 이래도 되는 걸까. 한데 객기가 사람을 객쩍게 할 줄 알았는데 다행히 너그러이 응답했다. 성공이었다. 어느 날, 걷는데 파행하던 걸음이 정상으로 돌아왔지 않은가. 환호했다. 침 한 번 맞지 않고,

물리치료 한 번 받지 않고 말끔히 가셨다. 몸을 향한 간곡한 하소가 통한 것인가. 신통했다.

그렇게 자연치유를 경험했다. 주위에 자랑도 했다. 힘들어 하는 나를 지켜보던 친구 몇이 놀라워한다. 신바람에 날개를 단 것 같았다.

한데 그게 아니었다. 문제를 잠시 거두고 있었던 모양이다. 두어 해가 지난 지금, 바로 그 자리에 아픔이 왔다. 무리해 삐끗하거나 어디에 부딪치거나 한 적도 없다. 열흘을 독감으로 누웠나 일어나는 순간, 엉치등뼈가 삐거덕거리는 게 아닌가. 스트레칭 몇 번 하면 낫겠지 했는데, 시간이 갈수록 저릿저릿 아픔이 심하다. 극성일 때는 속살이 찢어지는 것 같고, 왼쪽 다리로 설 수 없을 정도다.

그런데도 지난 자연치유 이력이 나를 향해 한마디 거든다. '그때처럼 걸어라. 걸으면 낫는다.' 또 뇌리를 스쳤다, 이열치열. 아픔에 맞서 이 악물고 걷자. 하지만 그때 한 번이었지 이번에도 먹힐까.

아픔이 점점 더하다. 마침 날짜가 끼어드는 통에 문학동인 모임에 나가 놀라게 하고 돌아왔으니, 이 웬 소란인가.

보름이 지났다. 걸을 만하다고 몇 걸음 내딛면 고관절 쪽이 우지직거린다. 그러다 한동안 눅인다. 이제 됐거니 하면 다시 눈살을 찌푸리게 아파 온다. 아무래도 사람을 괴롭히려 작정한 녀석이다. '이거 여지없이 걸려든 거 아냐. 병원엘 가야 하나.' 하다가도 완강히 나서는 그 알싸한 경험론. '접때 치렀던 싸움인데, 한 번 더 정면 대결해 봐야 하는 거 아니냐? 아직 힘이 있잖아, 힘이.'

며칠 전, 평소 걷는 코스를 걷는다고 나섰다. 느리게, 서너 번 쉬면서 다녀왔다. 효과가 있었던지 뒷날은 아무렇지도 않다. '이제 됐구나.' 했다. 한데 웬걸, 다음날, 문간을 나서다 왼쪽 다리를 끌며 돌아와 주저앉고 말았다. 이번에는 아픔이 발작적으로 온 것이다. '이제 내 엉치등뼈가 어쩔 수 없이 시간의 마모를 받아들이는구나.' 이 나이에 이르도록 쓸 만큼 썼다 생각하니 씁쓸하다.

일단, 걷기를 중단하고 대엿새 마당 주위를 슬슬 돌다 오늘 또 집을 박차고 나섰다. 쉬고 또 쉬고. 늘 걷던 코스를 기어이 완보하고 돌아왔다. 걸을수록 아픔이 덜하면서 걸을 만하다. 그래도 몸이 체면을 세우려는가. 알 수 없는 이상한 반응이다.

내일도 모레도 걷기에 나설 것이다. 아픔이 심하다고 눌러앉지 않기로 마음먹는다. 아픔이 임계에 이르면 반환점을 향해 걸음을 놓을 것이라는 묘한 자신감이 생긴다. 아직 몸에게 이런저런 말을 걸어 보지는 않았다. 다만 그러리라는 신뢰감이 나를 등 떼밀고 나선다. 몸의 보호본능일 것이다.

시간이 지나고 또 한 번의 자연치유의 개가를 올리게 되는 날, 주위에 다시 이 일을 얘기하리라. 그때, 나는 드디어 성공이라며 눈물겹게 웃고 있을 것이다. 또 한 번 환호하게 될 그 순간을 기다리며 오늘도 걷고 와 씻은 뒤 거실을 돌고 있다. 자박자박 그러다 슬슬, 강약완급을 조절하고 당기다 풀어 주며. 나이 들면 아이가 된다 했으니 아이처럼 그렇게.

아직 장담은 이르다. 그래도 엉치등뼈와 다리에 기울이는 내 사랑이 둘의 협동관계를 조화롭게 이끌어 낼 것 같다. 할 수 있는 데까지는 해 봐야지.

글 한 편 쓰려고 메모 수첩을 열었더니, '랴오즈'의 말이 탁하고 가슴을 치는 게 아닌가.

"의족義足 위에 서 있을 때, 나는 순수하게 웃을 수 있다. 그러나 의족을 벗었을 때도 그늘 없이 웃을 수 있다."

원촨 지진 때 어린 딸과 두 다리를 잃은 랴오즈는 수천수만 번 넘어지고 일어나 걷기부터 다시 시작했다. 지금은 의족 위에서 춤을 추면서 아이들에게 춤을 가르치는 '발 없는 무용가'가 됐다.

나는 두 다리를 갖고 있다. 한쪽이 마모를 시작했을 뿐이다.
(2016)

무늬 하나

옷에 꽃무늬는 꽃이 만개한 효과가 있다. 꽃을 무더기로 입고 향기를 풍기며 다니는 격이다. 무늬만으로 창의적인 디자인의 극치다. 넥타이에 물방울무늬가 유행하던 때가 있었다. 신사의 앞태, 그것도 가슴팍에 동적인 분위기를 띄워 준다. 그렇다고 착시는 아니다. 활동적이고 실천적인 사람으로 보일 것이다. 떠다니고 있어 적어도 일에 소극적인 성향이 아닌 사람으로 인식될 것이고, 더러는 현실에서 조금 떠 있는 낭만으로 보이는 잇속이 있을지도 모른다.

운학雲鶴은 도자기를 품어 품격을 고아하게 할 뿐 아니라 보는 사람을 신비의 세계로 이끈다. 무정물의 무늬가 바로 생명을 불어 넣음으로 살아나게 하는 경우일 것이다. 사군자나 노송, 흘립屹立해 고봉준령으로 불끈 굽이치는 산맥의 형세를 무늬로 그려 놓으면 세속에 물들지 않은 고담枯淡한 아취와 사람을 압도하는 자연의 준엄한 동세에 숨죽이게 하는 이상한 힘이 느껴진다.

6월의 정원으로 신록이 진해지면서 활활 벗어던지더니 심록의 성장으로 갈아입었다. 며칠 새의 놀라운 변화다. 조금만 있으면 나무들이 한 해의 생장의 임계점에 이를 것이다. 뿜어대는 초록이 듬직하게 갈맷빛을 띠고 있는 데서 한눈에 알아차린다. 교목이건 관목이건 상록수건 낙엽수건 별반 다르지 않다. 울 밖 덤불숲의 잡목에 이르기까지 자라남의 정점을 향해 타오르는 여름 속을 각자도생으로 가는 왕성한 나무들이다.

땡볕을 피하느라 멀꿀나무 그늘을 이고 있는 돌 탁자에 앉아 정원을 바라보다 놀란다. 아, 저 무궁무진한 빛의 조화로움. 다른 두세 가지 빛깔의 선명한 대비가 정원이라는 구조 속으로 흥건히 녹아들었다. 짙은 초록 사이사이로 솔잎채송화의 진분홍과 철쭉의 주홍색. 전혀 계열이 다른 색 몇이 거들어 가며 다르면서도 그 '다른 큰 하나'에 통합하는 색채의 신비한 조합이 눈길을 붙든다.

여름이 초록의 계절이라 하나 크지 않은 이 정원이 초록 하나만의 채색이었다면 얼마나 단조했을까. 가령 초록을 마구 칠한 여름 나뭇잎이 신의 손이 빚어 놓은 준수한 작품이라 해도, 눈 맛을 호사시키기는커녕 평범한 눈요기에 쉬이 싫증나고 말았을 것이다.

정원이라는 구도 속에서 나뭇잎의 초록과 꽃의 붉은 혹은 분홍의 빛깔은 단지 잎과 꽃의 그것으로 존재하지 않는다. 그들은 무늬다. 그것도 빛깔 고운 무늬다. 정원이라는 구조를 온통 색으로 물들여 놓은 무늬다. 잎이 잎만으로, 꽃이 꽃만으로 있지 않고 정원을 큰 하나의 구조물로 있게 한 무늬의 실체는 통 큰 하나의 세계로 아름다울 수밖에 없다.

나는 내가 앉아 있는 자리에서, 바탕에 눈여겨보게 하는 하나의 무늬로 존재하는가. 나이 먹었다고 삼대를 거느리는 가장이라는 엄존의 지위에서 시작해, 비록 좁고 부실하나 내 발길이 미치는 사회라는 생활의 반경에서 혹은 문학이라는 언어예술의 창작에 이르기까지, 그 어느 지점 그 어느 범주에 내 존재가 하나의 작은 무늬로 새겨져 있기는 한 것인지. 그냥 단지 허명으로, 혹은 부실한 허상쯤으로 잠시 머물렀다 흔들리며 무너져 내리거나 지워져 버리는 것은 아닌지.

머물 수 있는 시간은 길지 않다. 하지만 내 삶이 지속될 어느 한도까지 나는 내가 하나의 선명한 무늬로 아로새겨지고 싶다. 또 나라는 무늬가 단순히 모양과 빛깔로 존재하지 않고 전체라는 구도에 기여하면서, 그것의 완성을 위해 그 속으로 일정 수준 녹아들기를 원한다. 그럼으로써 나의 일부로 혹은 영혼으로 변용變容되기를 소망한다.

그런다고 내가 내 이름 석 자의 실명實名으로 시간 속에 뚜렷이 그리고 찬연한 광휘로 특별히 빛나기를 바란다는 의미는 아니다. 이왕지사, 어둠속에 빛으로 존재감을 드러내는 밤하늘의 별이면 좋겠으나 빛의 발원은 내 힘이 미치는 범위 안에 있지 않다. 아마 그러하리라. 그게 나로서 가능한 일이 아님을 잘 알므로 에둘러 가며 하는 말이다.

다만 내가 궁극의 가치로 실현하려는 문학에서만은 다르다. 도자기의 문학이며 사군자와 압도적 형세로 굽이치는 산세였으면 하고 과욕을 품지 않는다. 내가 차지하려는 터수는 그리 크지도 넓지도 못하기 때문이다. 지극히 낮고 작고 소박할 뿐이다. 조그만 성과로 입고 나서는 내 옷 위로 포개지는 몇 개의 꽃무늬, 넥타이 위를 떠다니는 몇 개의 물방울무늬가 그려졌으면 얼마나 좋을까 하는 것 말고는.

그게 하나의 무늬, 단 하나의 무늬여도 상관 않는다. 내가 도모해 오는 삶에, 또 내가 목마르게 근근득신으로 써 오는 문학에 크지 않으나 작은, 그래도 또렷한 하나의 무늬가 새겨진다면 나는 나이도 잊어버린 채 아이처럼 환호작약하리라.

'인생은 아름답구나.'라며. (2016)

틈 3

벌어져 사이가 난 것이 틈이다. 바람이 드나들 만큼의 여백일 뿐 넓혀진 어느 물리적인 거리로 벌어지면 틈을 넘어 거리다. 틈이 되려면 사이를 좁혀야 한다.

여행은 거리를 끌어당겨 사이를 틈으로 만드는 계획된 걸음의 파노라마다. '모나리자의 미소'를 만나기 위해서는 지구의 한 귀퉁이에서 비행기 타고 산과 바다를 넘어 루브르박물관에 가야 한다. 단숨에 달려가 인파 속 비좁은 틈을 헤쳐 그녀 앞에 섰을 때의 그 가슴 두근거림, 거리를 틈으로 내어 얻는 기쁨은 정서의 허기를 채워 포만하다. 틈으로 예술의 미를 만끽하는 순간이다. 그것은 희열을 넘어 충격이고 전율일 수밖에 없다.

여행지에서 만남으로 닿을 듯 다가선 거리, 틈은 그것에서 떠나온다고 바로 소멸하는 것이 아니다. 여행이 끝난 뒤에도 아름다운 영상으로 각인돼 머릿속에 그대로 간직된다. 기억 속의 틈으로 남아 추억의 공간에 오래도록 걸리는 것이다.

사람은 사람들 속에서 사람과 부대끼며 살아 가치를 찾고 그것을 실현하는 존재다. 사람과 사람 사이, 틈에 끼어 살아야 가능하다. 틈은 사람이 살아가는 삶의 자락이거나 관계를 맺게 하는 최소의 여유

공간으로서의 의미다. 틈이 없으면 끼어들지 못하고 끼어들지 못한다는 것은 참여하지 못하거나 일에서 밀려나 뒷전을 서성거리고 있다는 뜻이다. 현실에서 밀려나는 것은 설 수 있는 조그만 터수마저 놓친 것이니 허망하고 쓸쓸한 일이다.

유년 시절을 가난한 시골에서 보낸 나는 겨울 삭풍이 허름한 벽에 걸려 껌뻑거리던 푸른 등잔불을 꺼 버릴 때가 제일 당혹스러웠다. 석유의 불완전연소로 그을음이 콧속을 거멓게 하던 희미한 불이었지만, 그게 꺼져 버리면 책을 읽을 수가 없었다. 시험공부를 못하고, 잠든 어머니의 곤한 얼굴을 볼 수 없었다. 소년은 몇 겹으로 친친 둘러싸던 밤이 두려웠다.

어둠을 밝히는 미미한 빛의 근원, 등잔불을 끈 주범은 외풍이었지만 얄궂은 그 바람을 방 안으로 불러들인 것은 문풍지를 애태우며 울리던 틈이었다. 그것은 아주 작은 간극이었다. 문설주와 문짝 사이 녹슨 돌쩌귀의 이 맞지 않아 벌어진 몇 밀리에 지나지 않던 간극—틈이 눈에 들어왔다. 등잔불을 끌 만큼 틈이 존재감을 내보인 것이다. 틈은 어둠이 내려앉은 한겨울 이슥한 밤에도 분명 존재했다.

아들네가 집에 왔다 갈 때는 우리 내외가 문밖으로 나간다. 이때 아내가 잊지 않고 늘 입에 달고 하는 말이 있다. "운전 조심해라." 비 오면 빗길이라고, 눈이 오면 길바닥이 얼었다고, 바람이 불면 바람이 세차다고 조건을 불러다 단다. 대답은 노상 웃음 뒤 곧바로 나온다. "예, 어머니!" 한 번도 그냥 보내는 일이 없다.

그뿐 아니다. 동네 고샅을 벗어나 꺾여 내려 안 보일 때까지 손을 흔든다. 서로가 보이지 않게 되는 마지막 지점까지. 그제야 나도 동참한다. 며느리도 한다. 보내는 쪽은 집 앞에서, 떠나는 쪽은 핸들을 잡고 한 쪽 손을 차창 밖으로 내밀어.

부모와 자식도 거처가 다르고 자신의 삶이 있다. 떨어져 있어야 하는 거리를 만들고 있는 순간에도 마음에 틈이 생겨선 안된다는 무의식이 고개를 쳐드는가. 누가 먼저고 나중이랄 것 없이 그렇게 하게 되는, 언제부턴가 가족 간에 습관으로 자리 잡더니 이젠 집안 풍속이 됐는지도 모른다.

동네에서 보아도 상관없다. 아이들 나가고 두 사람만 사는 집에 슬며시 찾아드는 풍경인 걸 알 이는 알 것이고 느낄 사람은 느낄 것이다. 이런 자그만 손짓 하나, 눈짓 하나도 자식과 부모 사이에 행여 벌어질 수 있을지 모를 틈을 끌어당기고 있을 것이라는 짐작을 나는 한다.

부부는 운명의 두 사람이다. 둘이 하나처럼 살게 맺힌 연분이다. 아무리 금실지락이라 하나 티격태격 하는 수는 왜 없으랴. 틈이 생긴다. 만들려 해서 난 틈이 아니고, 살다 보니 은연중 난 틈으로 한 점 바람이 들락거리다 이내 사그라지기도 한다.

하지만 부부 사이에도 틈이 있으면 평안이 밑동에서 흔들리기 쉽다. 흔들림의 파장이 너울을 일으키기라도 한다면 불행한 일이다. 틈이 벌어진다는 것은 사랑이 잠시 식었음을 뜻한다. 특히 부부간의 사랑은 식지 않는 온기를 지녀야 한다.

부부는 한 길을 걸으며 함께 늙는 인생의 반려다. 사노라면 모난

게 둥글어지고 개성도 순화돼 하나로 잘 맞게 돼 간다. 부부가 화목하게 살면서 늙어 가는 모습은 보기에 좋다. 불화하지 않고 산다는 것은 서로 간 벌어진 틈을 없게 하거나 아주 작게 했다는 얘기일 것이다. 틈이 생기면 메워 가며 틈이 될 수 없게 거리를 좁히는 두 사람의 애씀. 부부생활이란 그런 묘리를 알아 가는 과정이다.

세상의 많은 틈 가운데 가장 소담스러운 것이 부부 사이다. 앞서거니 뒤서거니 세상을 등지게 되지만 결국 나란히 한 묘역에 잠든다. 생전에 벌어졌다 좁아졌다 하던 거리감 같은 것도 추억으로 걷혀 곁에 눕는다.

가장 작고 좁은 틈, 바짝 당겨진 채로 다시는 들고 나는 일이 없게 된 둘 사이의 틈, 없는 듯 있는 틈. 해로동혈하는 것이다. (2016)

작은 공간

아파트, 연립, 단독주택. 사방이 크고 작은 집들로 들어서 빈 데가 없다. 한 쪼가리 땅만 있으면 집을 올린다. 호황을 탄 건축 붐이다.

그래도 북적거리는 도시는 주택난이다. 몸 하나 늴 한 칸 집이 없어 찬 하늘 아래 한숨짓는 사람들이 적지 않은 세상이다.

도시를 벗어날 수 없어 갇혔겠지만, 변변한 주거공간이 없는 도시 서민들 얼굴엔 시름에 골이 깊다. 옥탑방이니 쪽방이니 하는, 몸을 옴츠려 다리도 펴지 못하는 주거공간이 지금도 실재한다. 그런 형편에 라면 하나를 쪼개 먹으며 하루를 이어 가는 빈민들의 비애, 그런 이들이 한쪽에 내몰린 채 외딴 지층처럼 도시의 하늘 아래 있다. 엄연한 현실이다.

소말리아라든가, 기아에 허덕이는 가난한 나라의 빈민을 돕는다고 탤런트들이 먼 곳에 가 그곳 아이들을 품고 눈물짓는 장면을 보며 언뜻 '이건 아니라'는 생각이 들곤 한다. 그곳은 세계에서 최빈국이라, 굶주림에 할딱이는 아이들을 도와선 안된다는 건 아니다. '한 달 3만원이면 29명의 아이가…' 후원을 권유하는 목소리 위로 퍼뜩 포개지는 우리의 현실이 있다. 소주 한잔 값에 미치지 않는 돈이지만 그곳선 한몫을 할 것이다. 그래도 떼어낼 수 없는 우리의 현실, 우리

나라에도 참혹한 처지에 사는 사람들이 의외로 많다.

내가 사는 읍내는 주민들의 빈부 차가 도시만큼 우심하지는 않다. 기초생활수급자인들 왜 없을까만 허름한 집에 살되 굶지는 않는다. 감귤을 따는 겨울 한철만 해도 일당이 자그마치 6만원이다. 서너 달을 하루도 쉬지 않고 일에 매달리는 부지런한 사람들을 보면 흐뭇하다. 과수원으로 실어 나르는 차량을 기다리느라 어둑새벽 길에 나앉는 그들. 사람은 어떻게든 입에 풀칠은 하게 돼 있다. 도시에서 쪼들리는 사람들에 비하면 그나마 살기 좋은 곳이 시골이라는 생각이다.

한 울타리 너머 이웃집에 주인이 바뀌더니, 마흔 살 젊은이가 들어와 산다. 건설회사에 전기공으로 근무한다는 그가 기특한 생각을 하고 있었다. 이층을 올려 육지에 살고 있는 노부모를 모시겠단다. 제주가 살기 좋다는 걸 셈에 두고 먼저 내려와 시기를 기다린 것으로 보인다. 낯선 곳에 정착해 두세 해째, 이층을 올린다고 요즘 매운 눈바람에도 건축 일이 한창이다. 효도 한번 제대로 한다는 생각이 든다. 참 건실한 젊은이다.

내가 집을 지어 이곳 읍내로 내려온 것은 잘한 일이다. 취락구조개선 사업의 일환으로 조성된 조그만 동네에 한 축 끼고 들어와 살고 있다. 타향도 정이 들면 고향이라고 여럿이 이웃 짓고 살면 금세 임의롭다. 예로부터 집 좁아 잔치 못하지 않는다 했다. 스물예닐곱 평짜리 작은 공간이지만, 그게 전체로 전용면적이라 발 죽 뻗고 지낼 만하다.

딸린 마당과 작은 정원이 있으니 웬만한 도시 집에 견줄 바 아니다. 나무 심어 키우고 꽃 가꾸는 재미가 쏠쏠하다. 어느새 스물일곱 해째다. 집도 사람의 일이라 자신의 기준에 맞추면 된다. 넓은 공간은 아니지만, 넘치지 않되 모자라지도 않다.

나무들이 작은 숲을 이뤘으니 새들이 둥지를 튼다. 지난해에는 대문간에 수문장처럼 서 있는 단풍나무에 한 녀석이 집을 짓고 새끼를 쳤던 모양이다. 문간을 들락거리면서도 전혀 낌새를 눈치 채지 못했다. 영리한 녀석이다. 늦가을 나무가 잎을 내려놓아 발가벗은 뒤, 빈 가지에 앉혀 있는 둥지를 보고서야 알았다.

아이 주먹 크기의 작은 둥지다. 새 집이라 하나 이렇게 작은 놈은 처음 본다. 비닐, 나뭇조각, 헌 천 쪼가리, 마른풀줄기 같은 자지레한 자재들을 물어다 두르고 자아 탄탄히도 엮었다. 삼각구도의 나뭇가지에 얹어 놓으니, 큰 비바람에도 흔들리지 않았을 것이다. 탁월한 건축술이다.

미물이라 하나 새는 영특하다. 그들은 번식을 위해 둥지를 튼다. 알을 품는 데 무슨 큰 공간이 필요할까. 암탉이 스무 하루를 뜨겁게 달걀을 품 듯, 어느 새도 저 작은 공간을 체온으로 지펴 가며 탄생의 신화를 썼을 테다. 새가 떠나 버린 빈 둥지에 하늬바람이 스치고 지난다. 작은 공간이라 더 옹골찬지 끄떡도 않는다.

사람들은 한평생 제각기 주어진 환경에서 다양한 모습으로 살아간다. 수십 개의 방과 풀장까지 갖춘 몇 백 평짜리 저택에서 사는 사람이 있는가 하면, 십 평도 안되는 작은 공간에서 비바람에 부대끼며 사는 사람도 있다. 한 칸 집이 없어 한데서 눈을 붙이는 이들도 있다.

공평하지 못한 세상이다.

하지만 생각에 따라선 인생이란 별 것 아니다. 이곳서 평생을 누리고 나서 가는 최후의 임지는 만인이 평등하다. 숨 막힐 것 같은 땅속 작은 공간에 누워 영면에 든다. 납골당이니 평장이니 하고 있어, 더 작은 공간에 갇힌다. 백세 시대를 구가하다 마지막에 돌아갈 곳이다.

그러니 무얼 지니고 갈 것인가. 다 내려놓고, 다 버리고 가야 한다. 끝까지 호화 분묘를 말하나 부질없는 일, 최후엔 너나없이 아주 작은 공간에 누인다. 이것만은 선택의 여지가 없다.

어떻게 살아왔든, 설령 치부한다고 혈안이 돼 살아왔더라도 지닌 것 털어 선심이라도 쓰고 돌아갈 일이다. (2017)

눈빛

새야, 작은 새야, 차마 날개를 접으려느냐.

손톱에 덧난 거스러미쯤으로 여겨 웬 헛것이 어른거리나 했다.

이 현상은 그냥저냥 넘어갈 게 아니었다. 터수를 늘려 눈에 들어앉을 낌새다. 눈앞이 젖빛 유리창 너머로 흐리다. 침침해 오만 신경이 눈으로 쏠린다. 잘 안 보여 손등으로 비벼대기도 한다. 본능적 반사 행위다.

사물을 보는 불편이야 그렇다 치고, 문제는 '글'이다. 읽고 쓰는 게 거치적거린다. 가시거리를 훼방 놓아 책을 덮는 안개의 징후, 컴퓨터 화면을 가리는 얇은 사紗 한 자락이 곤혹스럽다. 걷어 내고 싶은데 힘이 미치지 않는다.

누진다중초점렌즈를 달고 있는데도 이 지경이다. 오래된 안경의 성능을 의심해 보지만 그건 아니다. 안경 너머 선명히 다가오다 윤곽을 지우며 주저앉는 물상들. 그것도 밤의 끝자락을 밟고 눈이 어둑새벽 허공을 헤매니 가슴 쓸어내리지 않을 수 없다.

"글 쓰는 것도 삼매지요. 그래도 명상과는 본질적으로 다릅니다. 컴퓨터 앞에 너무 오래 앉는 것 아닌가요?" 소주 한잔하는 자리에서 수필 쓰는 K 변호사가 넌지시 말을 걸어온다. 처음부터 나를 유심히 살피는 눈치였다. 그러더니 '당신 글쓰기에 빠져 있는 걸 다 알고 있소' 한 말로 들린다.

"그런가. 실은 오기 전에 세 시간쯤 책상에 있었네. 글 하나 마무리하느라고." 그의 눈빛이 내 속을 들여다보고 있어 그만 실토하고 말았다. 작가의 눈에 찍혔다.

별치 않은 내 글쓰기 주변을 둘러본다. 글에 쫓기고 있다. 일간지와 인터넷 신문, 두 군데 매주 한 편씩 한 달 네 편, 매 주 연재라 버겁다.

주변에서 힘들지 않으냐 해도 웃기만 한다. 그렇게 쓸 수 있는 거냐는 민감한 반응도 없지 않다.

"선생님은 화수분입니다." 한 여류작가의 목소리가 묘한 울림으로 온 적도 있다. '화수분'엔 어떤 함의가 담겼을까. 계속해 글을 쓴다는 것이겠지만, 나를 돌아보게 했다.

스무 해를 대하소설에 매달린 작가도 있다. 몸을 집에 붙박아 자신을 극도로 속박했으니 가능했을 것이다. 그로 하면 나는 노역도 아니다. 쓰다 앓아 눕거나, 어디가 저리거나 부어오른 적도 없다. 이만한 것도 일인가.

눈이 가탈이다. 바짝 다가선 노화의 비탈이 가파른 것 같다. 그새 상당히 진행된 건 아닐까. 안개 덮인 바다는 수평선까지 지운다. 맑아야 할 내 눈의 수정체가 망막에 물체의 상을 정확히 세워 놓지 못하는 건 분명하다. 백내장의 전조인지도 모른다. 하지만 눈에 그런 따위 질환이 범접한다 해도 별로 두렵지 않다. 단지 두려운 것은 이러다 읽고 쓰지 못할 게 아닌가 하는 공포다.

누구나 그렇겠지만 젊은 날, 나도 눈이 밝았다. 눈에 맑은 빛이 돌았다.

좀 강렬했을까. 뜨악하게 보고 있다, 뭘 그리 뚫어지게 쳐다보느냐, 흘겨본다거나 째려본다고도 했다. 대상의 속을 속속들이 보려는 내 눈의 의도와는 동떨어진 좀 덜된, 불가해한 반응들이었다.

눈곱이 끼니 예삿일이 아니다. 주범이 따로 있다. 전자파. 컴퓨터 앞에 오래 앉는 게 좋지 않다는 얘기를 한쪽으로 흘렸다. 몸에 안 좋다 한 게 눈이었다.

여사한 일이 아니다. 눈이 흐리멍덩해지면 글에서 멀어진다. 그게 겁난다. 글쓰기를 접는 건 내가 무너지는 것이다. 그런 허망한 일이 없다. 원래대로 돌리지 못하더라도 먼빛으로나마 읽고 쓸 수 있어야 한다. 그래야 한다. 소망이 간절하면 이뤄진다 했으니 원을 세워야겠다.

"안광眼光이 지배紙背를 철徹한다."고 한다. 눈빛이 종이 뒤까지 뚫는다는 말이다. 보이지 않는 종이에 적힌 글의 뒤를 읽어 낼 만큼 예리한 이해력을 뜻한다. 하지만 그건 과욕이다. 내 눈이 글에 숨은 행간을 꿰뚫지 못해도 좋다. 글의 의중만 읽을 수 있으면, 쓰려 한 바를 순직하게 쓸 수만 있으면 된다.

자유롭고 싶다. 누가 나를 읽지도 쓰지도 못하게 위리안치 하려는가. 지은 죄도 없는데, 중죄인으로 나를 울안에 가두는 일은 천만부

당하다. 설령 정신의 울타리에 가시나무를 두른다 해도 그냥 있지 않을 테다. 맨손이 가시를 걷어 내 수숫대 울바자로 사람과 통섭할 것이다.

눈을 감으면 숨어 있던 눈이 뜰지 모른다. 눈을 감음으로써 뜨는 마음의 눈. 여태 보지 못하던 그것, 이르지 못하던 경계에 눈이 가 있으리.

쇠락해도 아직 눈으로 빛이 스민다. 혹사했으니 좀 쉬게 하면서 눈안으로 푸름을 끌어들이면 될 것이다. 온몸에 초록을 두른 나무에 매달려 푸른 기운에 눈 맞춰야지. 옥상에 올라 갈맷빛 바다도 눈에 담고.

오래 찾아 헤맸으니 만나리라. 소재들 앞에서 내 눈은 빛난다. 목마른 만큼 빛난다. 휘황하게 빛난다. 되찾고 싶다. 젊은 날의 형형하던 내 눈빛.

새야, 작은 새야, 날개를 펼치려무나. 그리고 다시 날아도 보아라.
(2017)

현관

사랑하는 것들의 향기가 아침 햇살에 부스스 깨어나 눈을 비비고 있다. 늦잠 깬 가솔의 눈빛으로 채워진 좁은 거실이 들숨 날숨으로 남실댄다. 마당을 들락거리던 새 한 마리 나뭇가지에 앉았다 포르르 허공으로 날은다. 공중부양이 능란한 걸 바라보며 실실 웃다 세면하러 가는 걸음 둔중하나 등 꼿꼿해 미덥다.

아닌 밤중의 열기에 뒤척이다 산산한 기운에 등 떼밀려 신발을 졸라매는 손. 뒤로 무심결 싱그러운 한 떨기 웃음이 햇살 파닥이며 들어오는 문을 밀고 있다.

징검다리처럼 띄엄띄엄 놓인 구들돌을 밟고 문간에 이르는 불과 몇 초, 목전으로 다가온 하루를 예열하는 시간이다. 거리는 짧아도 문득 소소한 것에 생각이 머무는, 늘 하는 평상 대로다. 일상에 부대끼고 치이면서 유예와 절제, 조화와 균형을 보듬는 여유는 언제나 덕목으로 품어 살고 싶다.

고샅을 내려 바다가 한 폭 수채화로 떠 있는 동네 어귀에 이른다. 한길은 동서로 임계점을 향해 내달리는 차량들로 숨이 차다. 이제 한 발짝만 내딛으면 외딴 세계다. 노상 나가는 곳인데도 아이 낯가림하듯 매양 까칠하게 오는 삶의 현장.

오늘은 누구를 만나 어느 곳에서 어떤 풍경과 마주하게 될 것인지. 나는 그것들과의 관계망에서 한때 속박됐다 이완되면서 자유로워질 것이다. 만날 만나도 더 만나고 싶은 사람과의 해후는 하루를 생광하게 한다. 사람을 끄는 우호적 정감만한 매혹은 세상 어디에도 없다. 만남이 짐스러운 사람과의 조우는 하루를 거덜 내면서 우울하게 한다. 뭐든 거저 주어서라도 털어 내고 싶은 혐오감처럼 기분을 엉망으로 만들어 버리는 일은 없다. 가령 무료하더라도 지나는 바람 붙들고 앉아 먼 산 바라보는 게 훨씬 낫다.

너울로 흔들리는 물, 파도치는 세상에 시나브로 떠밀리기 시작이다. 세파처럼 두려운 것은 없다. 투우 같은 긴장 속의 힘겨루기, 불끈 쥔 누군가의 악력에 채여 내 잇속 따위는 온데간데없다. 주어 버리거나 밀어 내는 것만이 묘방일 뿐이다. 눈앞의 사람들이 다들 하나같이 덤벼드는 무서운 포식자로 보일 때가 있다. 거머쥐려는 손이 노리는 것은 완전한 소유다. 소득 없는 긴장 속의 대치에서 놓여나고 싶다. 사소한 일에 얽혀 지순한 자유가 훼손당하는 것처럼 어리석은 일은 없다.

무엇에 물들이는가. 낮고 작은 주택, 단층으로 늘어섰던 건물들이 마구 헐렸다. 치솟는 빌딩들의 수직상승에 눈이 어지럼을 탄다. 수평으로 흐르면 안되는지, 도시는 왜 아래는 굽어보지 않고 하늘을 향해 높이만 키우는가. 고층빌딩 아래 납작 엎딘 낮은 집들로 텅 빈 디자인이 슬픈, 도시 서민의 한낮.

제어하기 힘든 슬픔 뒤로 와락 엄습해 오는 시장기. 전통시장 골목 식당에 들어가 돼지 내장국밥 한 그릇을 게걸스레 비워 낸다. 반주

한 잔으로 흔적을 남겨야지, 지워야 남는 흔적. 잔술에 취기 가팔라 낮 불콰하지만 어디 좌중에 나설 일 없으니 된 것이다.

언제 먹어도 이곳 밥은 후미지다. 구미에 맞아 배를 불린다. 배추 김치 무 깍두기 몇 쪼가리도 제 맛으로 전체의 맛깔에 기여하는 단조한 밥상. 식당도 빛을 불러 밝음을 찾는지, 그래서 소문난 '광명식당'이다. 웬 비법일까. 손님들로 북적대니 시어머니에서 아들며느리로 바통을 잇는다 한다. 출렁이며 삼 대로 흐르니 이젠 가업이다.

동행이 있었으면 다음 코스는 분위기 있는 어느 라운지, 커피 혹은 주스로 순간을 즐기며 시간을 소모하는 건데. 멋쩍게 허덕대는 내게 도시는 품 한 번 벌리지 않는다. 이렇게 멋쩍을 땐 사람 구경이나 하면 되느니, 눈 이르는 곳마다 사람이다. 너울로 이는 인간의 파도. 잰걸음, 밭은 숨, 웃음기 접히지 않은 눈, 다물었다 실없이 흩어지는 말과 그 새로 간간이 들려오는 저자의 악다구니….

일진인가. 골몰하고 싶은 방황이 꺼당기는 한 톨 설렘도, 가슴 아릿한 그리움도 없는 날이다. 이럴 땐 한순간 국지성 소나기라도 퍼부어야 하는 건데. 얼씬거리던 것들은 이내 사라진다. 보고 싶은 얼굴도 지워지고, 머무르고 싶던 순간도 가뭇없이 떠나고 없다. 모든 생명 있는 것들에선 갈증을 느낀다. 나는 지금, 팔월의 펄펄 끓는 포도 위에서 목마르다.

도시를 벗어나야겠다. 외면당한 자의 굴욕은 아물지 않는 상처로 남을 것이다. 어서 가야지. 내가 깃들인 곳, 만만한 그곳으로 돌아가야지.

집으로 돌아오는 길. 버스를 탄다. '처리됐습니다.' 교통카드에서 할인된 요금 천 냥쯤이 새어 나가고 있다. 왕복 이 천 냥. 시내에서 읍내까지 24킬로를 타고 내는 저렴한 차 삯이다. 푸른 지폐 한 장에 점심 때우고 집 앞까지 태워다 주고. 버스 안에 씽씽 찬바람이 분다. 내리고 싶은 마음이 눈곱만치도 없다. 이렇게 시원할 수가. 헬 조선이라니, 위대한 나라, 살 만한 대한민국인 걸.

동네 어귀다. 고샅 등성마루 앞에 나서는데, 첫 걸음부터 굼뜨다. 두어 번 굽이치니 저기 집이 눈에 들어온다. 뭉그적대며 대문 앞에 이른다.

대문이 열려 있고, 종일 집 앞을 뒹굴다 안으로 스미는 절집 같은 여름 고요. 얼굴을 디밀어도 인적이 없다.

아침에 건넜던 구들돌들이 자박자박 앞으로 다가온다. 집으로 들어가는 단순화한 길이다. 한 발짝 두 발짝 떼어 놓는다. 성큼 다가와 있다, 거실에서 누가 걸어 나오는 기척.

아, 안에 사랑하는 모든 것들이 있었구나, 떠나지 않고 있었구나. 문틈으로 새어 나오는 향기와 손끝에 감촉으로 만져지는 사랑 하나. 붕 뜨면서 내 육신은 조금도 고단하지 않다.

문고리에 손을 얹으려는데 안에서 열리는 문, 현관이다.

내 집의 포만감, 도시의 한낮을 게워낸 뒤 길게 눕고 싶다. (2018)

흔적들

수많은 것들이 처처에 자국을 남긴다. 크고 작은 존재의 무수한 흔적들. 역사는 오랜 시간 속에 층층이 쌓인 흔적들의 집적물이다. 발부리에 채는 돌멩이 하나도 엄청난 역사를 품고, 나무도 제 속살에다 살아 온 연년의 자취로 선을 긋는다. 암각화 못잖은 필력이다. 마당엣 돌들이 껴입은 회회청 돌옷엔 사반세기 시간의 색과 획이 숨어있다.

유적지에서 뒹구는 기와 조각 하나에 전율하는 건 흔적 너머에 흐르는 시간의 향기 때문이다. 정원에서 시간의 숨결을 느끼는 것도 비슷한 경험일 테다. 내가 나이를 먹는데 나무도 멈추지 않았구나 하는 사실 인식 뒤로 오는 건, 놀라움이다. 어느 결에 성목이 됐고, 꽃 피고 열매 맺는 걸 보면 필시 어떤 손이 이뤄낸 이적異蹟 같아 보인다.

이른 아침, 풀잎에 매달린 영롱한 신비에 다가앉는다. 기온이 이슬점 이하로 떨어져 거죽에 수증기가 물방울로 달라붙은 저 결로結露. 하지만 그건 햇살이 퍼지면 금세 스러진다. 흔적이 지워지는 건 찰나다.

밤 이슥한 시간, 댓잎에 부딪는 빗소리도 비 그치면 이내 적막 속으로 숨는다. 축제 전야에 밤하늘을 수놓는 불꽃의 찬연한 광휘, 소슬바람에 흩날리는 낙엽의 마지막 춤사위, 잔디마당 자국눈 위에 찍힌 아이 발자국, 두어 소절 멧새 울다 날아간 뒤 하늘거리는 가는 가지의 동요, 쾌속으로 하늘을 가르며 흘린 비행운의 소멸…. 우리를 설레게 한 것들은 곁에 오래 남아 있지 않다.

이따금 흔적을 찾는다. 마모됐으리라는 과학의 판단은 상식이지만, 나는 길 위에서 그런 과학적 사고를 맹비난한다. 가령 문명의 편리에 길들여진 나태와 호사를 배척하려는 내 인식은 강고하다. 가슴 데워 오는 형이상적 접근이 얻어 낸 성과는 사람을 훈훈하게 한다. 속박을 떠나 사람을 울고 웃게 하는 건 따스한 감성이지 차디찬 논리가 아니다.

오랜 만에 나고 자란 유년의 집터에 발을 놓았다. 그곳은 내 개인사의 단초가 되는 여정의 시발점이란 생각에 닿아 있다, 좀체 없던 감동이었다. 닿자마자 영탄에 이른 감정의 덩이를 주체하지 못했다. 수필 〈텅 빈 유년의 집터〉에서 이렇게 썼다.

"저 동산 너머 바다가 와 있었나. 남실거리다 돌아앉아 둘둘 말려 가는 물결에 아기의 울음소리 밀려난 걸까. 그 적 아기의 울음소리를 듣고 싶다. 하늘 한쪽 내려앉았을 고고의 성은 어디 갔을까. 한 생명의 탄생을 알리던 소리 들리지 않는다.

흙은 모성이다. 끌어안음이고 생장이고 희망이다. 과거이고 현재다. 언젠가 망각 뒤로 다가올 미래다. 내 출생의 소리, 개인사의 시원 始原이 흙에 묻혀 있었다. 권태는 아니다. 나는 나이 들었고 흙도 노쇠했을 뿐, 소멸을 부정할 수 있어야 한다."

헛헛한 부재, 집터엔 아무 흔적도 없었다. 감성이 팔 벌리며 그곳을 가슴 가득 안았을 뿐이다. 아득한 회상의 공간으로 유년의 이야기들이 나지막한 음성으로 살아났다. 뼛속에 절은 어머니를 부르는 그리움, 그 겨울 기한飢寒에도 웃던 혈육들의 애절한 눈빛, 숱한 말과 표정과 그때의 따뜻한 손길…. 재현되는 것은 더할 수 없이 고왔고, 남의 밭이 돼 있어도 터는 낯설지 않았다.

2017년 그믐날, 문우 둘과 동행으로 겨울 산딸기 군락지를 찾았다. Y의 수필집 『겨울 산딸기』에 발심했더니 끌렸다. 제주시 조천읍 선흘리 동백동산. 보리 철에 따먹던 딸기가 습한 겨울 숲에 군락을 이뤄 있었다. 동그스레한 잎 모양만 달랐지 열매는 혹사酷似하다. 모도록 줄기에 열매 모여 달린 것까지 영락없는 오뉴월 산딸기다. 끝물이라 불그죽죽했지만 겨울 속의 첫 대면이라 오래 눈을 맞췄다. 녀석들, 겨울비에 한 시절의 흔적을 지우느라 숨죽이고 있었다.

두어 번 굽이치는 산길을 돌아 4·3 유적지 '목시물굴' 앞에 이른다. 밖으로 나오라 해 양민 40여 명을 집단학살했다 하고, 안 나오자 굴속으로 휘발유를 뿌려 불 지르고 수류탄을 던졌다 한다. 끔찍한 이력이 적힌 안내판에 차마 눈을 주지 못했다. 철창이 굴을 막아 나선다. 지붕처럼 굴을 덮고 있는 펑퍼짐한 너럭바위와 틈서리에 뿌리박아 거목이 된 종가시나무를 맥 풀린 눈이 떠듬떠듬 어루만진다. 4·3 70주년, 저 바위는 그새 모진 풍우에도 그대로이고, 나무는 아름드리로 자라 그때의 참상을 증언하고 있었다. 환청인가, 버럭 내어지르는 벽력같은 소리에 숨 죽였던 숲이 휘청한다. "내 이 눈으로 똑똑히 보왔노라."

무고한 사람들이 왜 공권력에 의해 죽어 가야 했나. 가슴 쓸어내려 풀릴 일이 아니다. 해원解冤의 길을 터야 한다. 서둘러 나라가 나서야 하는 일이다.

흔적 없는 죽음, 시신을 수습하지 못한 죽음은 참혹하다. 그들이 지상에 남긴 자취는 전무했다. 숲 바닥을 칙칙하게 뒤덮은 떡갈나무 잎을 밟고 나오며 가슴을 쓸어내린다.

낙엽귀근落葉歸根, 잎들은 나무 아래 덮여 썩어 문드러진다. 자취를 지우며 부엽토가 되려니, 나뭇잎만도 못했던 희생자들에게 풍요를 누리는 우리는 뭐라 해야 하나.

숲을 나와 귀로에 섰더니, 한 마리 까치 주검이 아스팔트 길바닥에 나뒹굴어 있다. 새들은 제 명을 알아 숲속에 날개를 접는다는데, 어찌된 걸까. 하필 한 해의 그믐날에 변을 당하다니. 막 스쳐 온 목시물 굴과는 아무 연관이 없는 겐지. 심사 울울하니 우연한 것도 한 가닥 필연으로 흐르려 한다.

안톤 슈낙에 공감하는 순간이다. "추수 후 가을밭에 보이는 연기, 산길에 흩어진 비둘기의 깃털."

덧없어라, 소멸로 가는 흔적들. 그것들이 머무는 시간은 한순간인 것을. (2018)

보청기

　팔다리 멀쩡하고 머릿속도 뻥 뚫렸는데 귀가 말썽이다. 얼마 전, 가는귀먹어 어정뜨더니 지근거리에서 하는 말이 대청마루 건너 소리만도 못하다.

　머리 감다 물이 든 게 화근이라지만 치료를 끝내고도 소리를 받아들이려 않고 밖으로 밀어 내는 판국이다. 잘 들리던 귀가 안 들려 적막한 것은 분명 후천성장애다. 익숙하던 것이 갑자기 낯설어 여간 성가시지 않다. 가까이 앉은 사람의 말소리를 눈빛과 입모양으로 듣는 것은 난생 처음 겪는 곤혹이다.

　"그런 거 하지 않겠다." "해야 해요." 설왕설래한 곡절이 있었다. 급기야 가족들 성화에 못 이기는 척하며 귀에 맞이하게 된 게 보청기다. 고 조그만 녀석이 사그라지는 청력을 되살려 준다니 과학의 혜택을 마다고만 할 이유가 없다는 결론에 이르렀다. 고집을 넘어 문명에 대한 수용이고 그것과의 타협이란 생각을 했다. 기어이 녀석을 내 귓속으로 영입했다.

　안경에 다중초점렌즈를 달았을 때의 어지럼증을 겪게 될 거라는 전문가의 얘기가 있었다. 떼어 내지 못하고 따라 들어온 소음에 혼란스럽지만 며칠 후면 수습이 된다 하니 기다리는 수밖에 없다.

그쯤이야 감수하기로 작정한 것이지만 털어내지 못하는 거북한 느낌이 똬리를 틀고 들앉았다. 이물감이다. 내 속살이 아닌 것이 성큼 들어와 행세하는데 제아무리 무던한 간에도 쉬이 화합이 되지 않을 것은 빤한 이치다. 당분간 기득권을 놓고 서로 간 실랑이를 벌일 기미다. 하지만 제 소리를 주워들으려는 주인의 원이 하도 간곡하니, 이 한 고비를 넘기면 한 살 섞은 동기간으로 우애로워지리라 믿는다.

적응엔 시간이 걸리리라 했다. 기다려 볼 참이나 당장은 적잖이 가탈이다. 의외로 바깥 찻소리까지 크게 오니 군소리를 과도히 증폭시키는 것은 아닌지 모르겠다. 대화 중에 외부의 소리들이 끼어들어 생기는 소리의 잡다한 혼재가 듣는 힘을 교란하고 있는 성싶다. 예기치 못한 일에 내 귀가 상당히 긴장하고 있는 것 같다. 낯선 객을 맞이했으니 마음이 편하기만 하랴.

그래도 가까이 있는 사람 눈에 갑자기 빛이 들어 반짝이는데, 입가로 번지는 미소까지 예사로워 보이지 않는다. 하긴 이 사람, 그새 얼마나 시달렸나. 허구한 날, 말을 주고받을 때마다 내 입에서 나온 게 '뭐라고? 뭘? 어디 있다고? 누가 그랬는데? 언제? 어디서?…' 식으로 다그쳤으니.

설령 해로동혈을 기약한 부부라 해도 말 못 듣는 상대의 동어반복형 질문은 피곤할 수밖에 없다. 그 무슨 형벌인가. 이제 조그만 기계 하나로 말을 주고받음에 화평을 함께 누린다면 얼마나 홀가분할 것인가. 차마 들떠 할 수 없어 점잖 떨고 있겠지만 내심 기분이 짠할 테다.

보청기를 귀에 넣으며 떨칠 수 없는 것이 과학에 대한 경이로움이다. 인체의 치밀한 유기적 맥락을 생각게 한다. 돌기같이 일어나 결합했을 세포들의 접속이 소리의 복원을 실현하고 있으니 상상했던 수준을 넘는다.

그동안 이전의 소리가 그리웠다. 소리는 낭랑해 맑고 때로는 고요하고 감미로운 것이다. 스르륵 귓속으로 아침 이슬처럼 스미던 그런 소리가 듣고 싶었다.

이참에 소중한 체험을 한다. 보는 것 못지않게 듣는 것의 불안은 외부와의 관계망을 뒤흔들어 놓는다. 지레 기겁했을지 모른다. 난청으로 처신을 어렵게 해 그게 영 사람을 주눅 들게 할지 모른다는 위기감에 휩싸였던 것은 아닐까.

하루가 지났다. 궁금했을 것이다. "이제 괜찮지요?" 가까이서 눈치를 살피다 말을 걸어온다. '이제'라 함은 그새 몸이 보청기를 기꺼이 받아들일 것 같으냐는 것일 테고, '괜찮지요?'는 소리가 잘 들리느냐는 기능에 대한 물음일 테다. 거둬들이는 소리가 6, 7할은 될까. 그래도 이 때문에 낯가죽을 두껍게 덮고 있던 웃음의 껍질을 시원히 벗겨 내며 오랜 만에 활짝 웃었다. '웃어야지, 힘들게 해 미안한데 웃음으로라도 보상해야지, 그래야 하고말고.' 대답한다. "인제 괜찮네."

잠자리에 들며 보청기를 뺐다. 여태껏 들리던 소리를 한꺼번에 다 놓아 버렸던지 귀가 먹먹하다. 마당을 흐르며 나무를 흔들던 바람소리가 뚝 멎었다. 그새 하루 동안, 소리가 꺼졌다 다시 되살아나는 소리로 확연히 다른 전후 두 세계를 넘나들었음을 느낀다.

녹두알 만한 배터리를 열어 놓고 습기 제거 방습 통에 꽂아 뚜껑을 덮는다. 앞으로 물 먹는 노란색 스펀지로 채워진 이 작은 통을 옆에 끼고 살아야 할 판이다. 끼었다 뺐다 수없이 반복해야 한다. 늘그막 운세가 그러라 한 모양이다.

사람의 지각은 보는 것과 듣는 것이 갈라서지 않고 하나일 때 온전하다. 소리 속에 살고 싶다. 보청기, 소리를 듣게 해 주는 요 녀석을 잘 섬겨야 한다. (2018)

정情

뜻밖의 연상이다. 바다에서 갓 건져 올린 낙지가 수족관 유리벽에
달라붙은 모습이 떠오른다.

녀석 다리에 돋아난 빨판의 흡인력은 강력하다. 사력을 다해 달라
붙는다. 진즉부터 거기서 분리되면 제가 어찌될 것을 예감한 것인가.
저건 잠시의 몰입이나 집착이 아니다. 아득바득 명줄을 이으려는 본
능이다. 제 앞에 다가온 운명과의 한판 사생결단으로 보인다.

밤새 뒤척이다 새벽잠을 깼는데 몸이 꿈쩍도 않는다. 무엇에 짓눌
렸는가. 눌린 게 아니다. 등허리가 웬 거대한 빨판에 달라붙은 것 같
다.

천장에 여러 얼굴들이 떠올랐다 지워졌다 다시 떠오른다. 워커에
의지해 절름거리거나 지팡이에 짚고 오는 파행의 걸음걸이, 휠체어
바퀴를 돌리며 혹은 도우미 손에 떼밀려오는 사람들, 등 굽고 머리
허연 팔순 노인 그리고 강의 시간에 입 놀리라고 참 거리를 나누는
바지런한 손과 몇몇 여류의 해맑은 웃음. 또 다른 한쪽 글방엔 대부
분 나이 지긋한 연륜을 잠시 부리고 앉은 노년들, 그들의 사유 속 해
맑은 얼굴….

그들이 어려운 걸음을 내딛으며 내게로 다가온다. 한마디씩 말을

걸고 있다. 왜 글방을 그만 두는 것이냐. 몸이 안 좋으면 잠시 쉬었다 하면 되는 것 아니냐, 그리 쉬이 돌아설 수 있는 것이며 이렇게 되면 우리는 어떻게 할 것이냐, 쓰던 글을 안 쓰게 되면 시도 때도 없이 엄습할 공허를 어찌하면 되느냐….

숨이 가빠 오고 머리가 지근거린다. 웬 빨판에 달라붙은 등허리가 점점 침대 밑바닥으로 빨려든다. 가라앉을수록 짙어 오는 이물감. 몸을 뒤틀어 보지만 소용이 없다. 와해하는가. 낙담한 뒤 아래로 무너져 내리는 해체의 허망함.

눈앞이 흐리더니 머릿속이 아득하다. '바삭거리는 삭정이 같은 몸. 몹시 지쳐 있었구나, 아직은 너끈히 할 만하다 했더니 무모한 착각이었구나.'

사회복지법인 춘강의 '글을 사랑하는 사람들의 모임'은 어언 14년을 이끌어 왔다. 글에 목마른 사람들, 수강자들 대부분이 장애인이라 그들과의 정리가 각별할 수밖에 없었다. 한 달 두 번의 강의, 그동안 단 한 번도 빠뜨린 적이 없었다. 어느새 수필을 사랑하게 된 그들을 중앙문단에 이름을 올려놓았다. 수필가의 타이틀을 거머쥐더니, 좋다고 아이처럼 환호작약하던 그들 모습이 줄을 서며 눈앞으로 흐른다.

신제주에서 여섯 해를 진행해 오던 들메동인문학회 강의도 함께 접었다. 몸이 주저앉는 바람에 내린 결정이라 귀띔하지도 못했다. 강의 당일 아침 연락 받고 회원들이 당혹스러웠을 것이다.

무엇이라 하랴. 입은 지금 말하지만 몸의 지시가 떨어진 것은 몇 달이 된 일이다. 몸이 영 말을 안 들어 일단 멈췄노라 말해야겠다. 강의에 나가려는데 문 밖을 나가다 그만 휘청했노라 실토하는 수밖에 없다. 순간, 보았다. 정수리 쪽으로 기가 빠져나가는 이상한 흐름이 뇌리에 한순간 비행운 같은 잔흔으로 흩어지고 있더라고. 그래서 결심에 이르렀노라고.

저기까지 가자고 하면 그러마 하고, 그만 돌아가자고 하면 돌아서 주던 몸이다. 노동에 쫓겨 시간이 빠듯하나 좀 쉬자 하면 눈 흘기며 두어 발짝 더 내딛던 무던함. 잘 수응해 줬다. 아직 몸이 나를 대놓고 거역한 적은 없었다. 너무 무리하는 것 아니냐 혹은 그게 영 석연치 않다고 하면서도, 그러려니 하고 순응해 왔던 헌신의 이력인들 왜 내가 모를까.

한데 이젠 아닌 것 같다. 까딱하다 까무러칠지도 모른다. 쓰러지면 나락이다. 내가 살아야, 살고 있어야 그러고 난 뒤에 남아 있는 게 타자다. 내가 할 수 있을 때 일이고 그들과의 관계다. 자리이타自利利他다. 까딱하다 나도 없고 남도 없다. 나를 먼저 이롭게 하고 나선 뒤에 남 생각을 하자 한 것이다.

안간힘을 다해 빨판에서 풀려났다. 삽시에 절멸하던 조직을 다시 끼워 맞추려는지 크고 작은 몸의 뼈란 뼈가 다 일어나 삐걱거린다. 어디 먼 데를 돌아온 것같이 일어나 앉은 내 방인데, 고단한 밤을 뒤척이던 외국의 외진 어느 호텔만큼이나 낯설다.

며칠 뒤, 몸을 시험할 양으로 버스를 탔더니 강의하러 한 달 두 번 갔다 오던 길 쪽으로 몸이 향하고 마음이 기운다. 와락 안겨드는 그리움 하나. 썰물이 다 빠져나간 포구처럼 마음속이 휑댕그렁하다. 그들이 그립다. 사나흘밖에 안됐는데 보고 싶다. 정情이란 이런 것인가.

춘강에서 정든, 딸같이 아끼던 40대 여류로부터 메일이 왔다. "선생님, 이 무슨 청천벽력입니까. 게을러 글방에 자주 못 나가면서도 언제든지 돌아갈 수 있는 고향이라고 생각했는데…. 선생님, 다시 돌아오실 수 없나요?"

울컥하더니, 명치끝이 뻣뻣해 온다.

나하고 같이 늙어 가는 들메 동인 J가 부유감 상자를 들고 찾아왔다. "전화하기도 그렇고…." 차 한 잔하고 나서는 그의 뒷모습에 눈을 떼지 못한다. 그새 정이 깊어 있었다.

가까이 사는 Y 수필가가 울안에서 딴 거라며 무화과 한 봉지와 갓 떠 낸 거라며 조청 한 단지를 들고 왔다. 한 숟갈 입에 떠 넣었더니 가슴에 너울이 인다. 당장 내가 할 수 있는 일이 없다. 문간에 나가 돌아가는 그에게 손 한 번 흔들고 들어왔다.

오늘 아침, 연상 속 수족관의 낙지가 떠오른다. 나는 왜 달라붙지 못할까. 녀석에게 있는 빨판이 내겐 없다. 하지만 주저앉지는 말아야 할 텐데, 걱정이다. (2017)

6.

인연이 다할 때

난은 인연이라 한다.

예전부터 머리맡에 놓고 싶던 게 난이었다. 한란은 귀해 구경도 못하니 춘란이면 어떠냐 했지만 그도 한 촉 손에 닿지 않았다.

우리 집 이층에 세 들었던 초등학교 여 선생님이 결혼해 서울로 떠나면서 피아노 위에 놓던 난을 남기고 갔다. 난과의 첫 인연이다. 이듬해 겨울 일곱 송이를 피웠다. 하도 가슴 두근거려 잠을 설쳤다.

인연이 이어졌다. 난에 지극한 이에게서 한란 여러 촉을 받았다. 뿌리가 우윳빛인 어린 것들이었다. 난은 누가 또 아무에게나 주고받는 게 아니다. 난을 준 이는 이 선생이다. 사제지간의 연이 난 인연으로 이어진 셈이다.

어린 것들을 몇 번 잇따라 갖고 왔다. 그때마다 내게 건넨 말이 있다. "난은 키우는 재밉니다. 한 번 키워 보시지요." 인연의 단초를 완곡하게 풀어 놓는 그의 화법이 우애로웠다.

'그래야지. 잘 키워야지.' 고맙게 받아 여간 공들이지 않았다. 난분이 불어나자 집 앞 테라스에 통유리 문짝 넷을 달아 난실을 냈다. 난에 기울이는 정성도 지극해 갔다. 메모한 걸 잊고 넘어가는 일은 있어도 물주는 건 잊은 적이 없다. 영양제를 꽂고 젖은 약솜으로 이파리를 닦아 주기도 했다. 그러면 난은 번드르르 윤기로 제 본성을 내놓으며 들썩이곤 한다.

한데, 난과의 인연이 순탄한 것만은 아니었다. 퍽 하면 죽어 나간다. 쉬이 인연을 내려놓는 것이다. 상처는 쉬 아물지 않는다. 집 뒤란에 빈 분들이 다한 인연의 깊은 자국으로 줄을 짓고 있다. 눈이 갈 때마다 아리다.

아끼던 난이 어느 날 갑자기 무뚝뚝해졌다 싶으면 이내 사색死色으로 진행한다. 누르께하다 사흘에 못 미쳐 숨을 놓아 버린다. 심폐소생술도, 기사회생의 처방도 없다. 손 놓고 눈 껌뻑이다 밖으로 내놓고선 막막하매 먼 산만 바라본다.

"어쩔 수 없지요, 연이 다한 건데." 집에 온 이 선생과 난실에 앉아 얘기를 나누다 난과의 이별을 말하자, 그가 한 말이다. 난을 '키워 보라' 할 때완 달리 그의 목소리가 명료한 건 왜일까. 답이 간명하니 외려 여운이 깊다.

난뿐이랴. 까닭 없이 곁을 떠나는 건 야속하다. 가는 사람 잡지 말라지만 사람의 일이란 게 어디 그런가.

난 하나가 잎이 싯누렇다. 인연이 다한 건가. 정인과의 이별처럼 가슴 철렁한다. 내놓으며 또 가슴 엔다. (2016)

자괴自愧

근간 들어 문인으로 행세하고 있다.

스물너덧 해인데, 내놓을 글이 없다. 궁색하니 초라하다. 그 이름을 대놓고 있으니, 낯가죽이 두껍다.

"유정! 유정만 싫지 않다면 나는 오늘 밤으로 치러 버릴 작정입니다. 일개 요물에 부상당해 죽는 것이 아니라 27세를 일기로 불우한 천재가 되기 위해 죽는 것입니다."

불우한 천재가 되려고? 1936년의 일. 이 상과 김유정, 은밀한 정사情死를 모의하던 두 작가는 종내 앞서거니 뒤서거니 세상을 떠났다. 이 상 27세, 김유정 29세, 혈기 방장해 젊음이 폭발할 나이였다.

둘 다 폐결핵으로 각혈하며 무너졌다.

"탐정소설을 번역해서라도 닭 30마리 고아 먹고, 땅꾼을 사서 살모사 구렁이 10여 마리를 먹어 볼 작정이네." 이어지는 말 "돈, 돈, 슬픈 일이다."

김유정이 출판업을 하는 친구에게 보낸 편지 몇 줄이 후세에 호사를 누리며 사는 우리를 우울하게, 무참하게 한다.

안타깝다.

어떻게 손을 쓸 수 없었던가. 시대가 척박했고 너무 가혹했다.

시대를 너무 앞서간 두 작가. 이 상이 〈날개〉와 〈오감도〉로 후대에 이르러 조명되지만 유정 또한 못잖다. 〈소낙비〉와 〈노다지〉와 〈동백꽃〉, 〈봄봄〉 등 30편을 쓴 게 불과 2년. 남달리 왕성했다. 맹렬했다.

그들이 세상 등지던 나이로 하면, 나는 한 세대 뒷줄에 서 있다. 그들은 문학사에 화려한 자취를 남겼다. 한순간의 불꽃으로 타오르다 꺼져 간 요절의 귀재들이었다.

나는 지금, 산 같은 물음 앞에 섰다. '문학은 궁핍으로 하는가?'

오늘의 이 차고 넘치는 풍요 속에 살면서 나는 그들을 넘지 못한다. 호의호식하며 글줄을 쓴다고 하고 있다. 이 상과 김유정에게 할 말이 없다.

자문自問한다. '진정 나는 문인인가?'

한마디 자답自答이 없다. 부끄럽다. (2017)

고리들

좀 엉뚱한가. 무료할 때 하는 버릇, 글자 가지고 집을 짓는다.

'환경'의 '環' 자가 구슬 옥 변이라는 데 생각이 미치면서 '옥고리'를 떠올리며 실마리를 풀어 간다.

결국 환경도 크고 작은 고리들로 엮인 것이 아닌가. 규모가 엄청나게 거대하고 구조가 복잡할 뿐, 수많은 동식물과 식생, 인간들 혹은 살아 있는 것과 죽은 것, 유정한 것과 무정한 것들의 교집합이라는 생각을 한다.

쇠사슬을 만드는 것도 고리인가 하면, 장신구인 고가의 목걸이나 팔찌도 알고 보면 자잘한 연결고리다. 귀걸이 코걸이도 예외가 아니다.

사회도 매한가지다. 인간관계란 것도 따지고 보면 고리의 연결 아닌 것이 없다. 부모 형제며 친족도 혈연의 고리로 이뤄진 계보이고, 직장동료 친구 동호인 모두 고리에 의해 어떤 관계로 묶인 것들이다.

먹이사슬 또한 고리들로 맞물린 먹이 연쇄다. 먹는 쪽과 먹히는 쪽의 관계가 차례로 연결돼 시시각각 순환하며 사슬처럼 뒤얽힌 계열이다.

고리는 낱낱이 없어서는 안된다. 그 하나하나 제 몫을 하는 만큼 중요하다. 목걸이에서 고리 하나가 떨어져 나가면 전체의 균형과 조화가 무너진다. 목걸이라는 통일된 질서의 틀이 깨어지면서 적어도 형식적으로 균제를 지향하는 고전미가 상실된다. 비로소 고리 하나의 존재감을 생각게 된다. 장신구로서 가치를 살리고 품격을 회복하기 위해서는 곧바로 빈자리를 메워야 한다. 원상 복구가 쉽지 않아 애를 먹는다.

만일 그게 쇠사슬이라면 묶고 풀고 당기고 조이는 기능에 차질이 올 것은 빤한 일이다. 고리 하나가 전체에 미치는 영향은 의외로 크다. 어느 하나도 허투루 할 수 없는 것이 고리다. 그것이 옹송그려 있다 해도 존재감까지 움츠리고 있는 것은 아니다. 먹이사슬에서 고리는 부분이면서 전체다.

바다 속이 흥미롭다. 플랑크톤이 덩이져 있는 곳, 먹잇감을 놓칠 리 없다. 치어들이 떼 지어 몰린다. 또 잇따라 큰 고기들이 아가리를 벌려 가며 덤벼든다. 그들을 포식하는 상어 떼의 내습 또 그것들을 먹어치우는 고래군의 등장. 쉴 새 없이 먹고 먹히고, 이런 냉혹한 순환의 법칙이 먹이사슬이다.

뭍은 눈앞에서 더 살벌하다. 수많은 초식동물들이 사자에게 먹힌다. 포식자들에게 먹히는 연약한 초식동물들이 광활한 초원에서 유유히 풀을 뜯는 것을 보면서 자연계의 먹이사슬이 끊임없이 이뤄지고 있음에 놀란다. 풀을 키우는 것은 햇빛과 비다. 그런 은혜로운 손이 있어 자연이라는 커다란 구조를 지탱해 나간다. 먹고 먹히고는 질서의 파괴가 아닌 질서 자체다. 그것은 지속적인 확립이고 끝없이 이어지는 유지다. 자연은 신비하다. 묘리이고 경이다.

문학 쪽을 들여다봐도 크게 다르지 않다. 장르별, 지역별로, 인연 따라 크고 작은 문학 단체 수가 고리를 이으며 셀 수 없을 정도다. 대부분 통과의례를 거친 등단 시인 작가들의 모임이다. 문인들이 이런저런 연고에 따라 하나의 고리로 엮이고 있는 것이다.

고리 하나가 빠져나가는 경우, 전후의 일을 돌아보는 수가 있다. 그것이 동인일 때, 허탈하다. 돌아앉을 특별한 이유가 없이 그러고 있으면 더욱 공허하다. 그런다고 돌려 앉혀 놓고 연유를 캐어묻기도 그런 것이 문학이다. 문학하는 사람이니 그만한 소양이 있을 것이 아닌가. 인연이 다한 것이려니 할 뿐이다. 더러는 내 고리의 자장이 녹어 그런 것이라는 생각도 하면서. 그러나 가는 임은 붙들지 않아 좋은 것이다. 고리가 비면 새 고리로 채운다. 하지만 지난 일들이 지워지지 않은 채 회상 속에 남아 있다. 사람 사이의 정리란 그런 것이다.

수년 전에 미국으로 이민 간 김 선생이 생각난다. 고3 때 담임했던 제자인데 동료교사로 여러 해 같이 근무한 바 있는 인연의 얼굴이다. 미술 선생인 그는 팔방미인으로 백공이다. 특히 손재주가 빼어나 못하는 게 없고 바지런했다. 심지어 우리 집 전기코드 개폐장치를 모두 교체해 주었을 정도다. 사제지간에 술도 함께 많이 마셨다. 그러다 그 친구 어느 날 나라를 떠났다 했다. 한마디 작별 인사도 없어 섭섭했다. 내게서 고리 하나가 떼어져 달아나고 만 것이다.

얼마 전, 문학동인 한 여류가 미국에 갔다 우연찮게 김 선생을 만나게 됐는데, 귀국하는 편에 선물을 보내왔다. 조니 워커 한 병. 그것도 육척의 장신답게 제일 큰 놈이었다. 옛날 술 마시던 일이 생각났을까. 쓸쓸히 그와의 옛일을 떠올리니 가슴 아렸다. 그도 나와의 인연의 고리를 생각하는지도 모른다. 다시 만나기는 쉽지 않을 것이다. 그는 미국에 산다. 물리적인 거리가 너무 멀다.

떨어져 나갔든, 그냥 그대로든 고리 하나하나가 인연이라는 생각을 한다. 사람이 산다는 것이 다 그런 것이다. (2016)

달력 속 풍경

달력 속 봄, 여름, 가을, 겨울.

넘어지면 다시 일어나 휘적거리며 나이만큼 질리게 건너온 사철이다.

달력 속으로 살포시 봄볕이 내려앉는다. 재잘재잘 산에서 눈 슬어 내리는 소리 난다. 알에서 갓 깨고 나온 병아리 첫 입 떼는 소리 같다. 겨울이 떠나는 길목으로 날던 새, 날갯짓이 푸드덕 달력을 차고 오른다.

매화는 일찌감치 피어 맑은 향기로 온 뒤에 화신을 퍼뜨렸다. 혹한에 향기 진해 맵싸하니 늘 그렇듯 요번에도 사군자의 들머리다. 버들개지 아린을 벗고 나온다. 비죽이 눈 내밀며 조신하게 봄의 문고리를 잡아당기고 있다. 개나리 피어 울담 너머 기웃거리면, 어느새 청설모 도토리 까먹듯 3월이 며칠을 축낸 뒤다. 4, 5월엔 찔레꽃 향이 진동하고 들장미도 망울 터트려 볼이 붉다.

신록이 물 머금어 암록을 띨 즈음이면 달력의 민낯 위로 여름이 깊이 들어앉는다. 성장으로 뼛속까지 초록인 나무들. 신은 자연을 설계하며 여름더러 지엄한 목소리로 일 저지르라 일렀을 것이다. 퍼붓는 햇볕과 뜨거운 바람에 풀이며 나무며 벌레며 새들이 팔다리 죽죽 벋어 생장의 극한까지 자라 오르라고.

후드득 후드득 달력 위로 꽃 지더니 나무들조차 잎을 내려놓는다. 어디서 빚은 걸까. 속살까지 사무치게 고이 물들어 활활 타는 단풍의 저 빛깔. 나무는 가을에 색소에 홀려 마술에 걸려든다. 무서리 내리면서 초목군생이 성장을 멈추고 벌레들도 월동한다고 땅속으로 기어든다. 농부들 모처럼 땀이 빚어낸 가을걷이로 입이 귓불에 걸린다.

겨울은 추워도 눈 시리게 눈으로 분 발라 치장하는 하얀 계절이다. 세상을 은빛 일색으로 덮으면 명암이 지워지고 미추도 숨는다. 춥고 음울해도 눈이 있어 봄을 꿈꾸니 손을 내밀면 희망이다. 봄은 기다림, 나는 눈 온 날 새벽의 첫 발자국을 12월의 달력에 내건다. 눈 온 날은 따숩다. 눈 속에 푸른 보리밭을 떠올리면 곁불 없이도 푸근하다.

2016년 일흔의 나이를 책상머리에 걸린 달력이 파닥이며 관통한다.

지난 1월 1일, 우리 나이로 한 살 더 먹는 날이었다. 청승맞았다. 한겨울 추위도 가세했거니와 내가 덜어 내는 하루하루가 이전 같지 않다. 달력 속의 날들이 바람소리를 내며 와 마구 흔들다 달아나 버린다. 휘청거리다 도로 몸을 일으켜 세운다. 아직 직립에의 의지는 약하지 않다. 바람 한 번 스쳐 지나면 버티고 섰던 두 다리가 휘주근하다.

오래 피던 꽃이 며칠 새 시들마르고 나면, 달력에 매달렸던 시선이 초점을 잃는다. 새들 내왕이 뜸한 게 다 이유 있었다. 계절이 찬비를 몰고 와 숲을 빠져나오지 못한다. 길도 어둑한데 정원의 나무들이 비를 맞아 흠뻑 젖었다.

달력에서 파돗소리가 난다. 먼 곳을 지나 갑자기 들이닥친 강풍에 둘둘 말려오는 바다의 화급한 소리, 악다구니다. 달력의 숫자들이 흔들리다 물결에 쓸려 요동치기 시작한다. 올 들어 언제고 한 번 안온한 날이 없었다. 한 달 서른 날이 무엇에 종종대다 실없이 지나가 버린다. 만날 과속으로 하루를 퍼 가고, 그렇게 서른 번이면 달도 낯을 바꿔 게슴츠레 눈만 껌뻑거리곤 한다.

달력은 날을 축내며 체중을 덜다 한 겹씩 자신의 존재를 삭제해 간다. 하루 이틀 사흘 나흘 닷새 엿새 일고여드레 아흐레 열흘…. 한 때 슬겁던 날들을 그렇게 놓아 버린다. 한 장 한 장 걷어 넘길 때마다 풍진으로 흩어지는 숫자들의 껍데기. 이제 눈앞으로 10월의 달력이 걸렸다. 지난달까지 숱한 날들이 흩날리는 숫자 속에 죽어 갔다. 숫자 속으로 흩어져 간 내 삶의 희·로·애·락 그리고 그것들 위로 펼쳐지던 한 편 한 편의 기·승·전·결.

10월엔 가속도가 붙는 것을 나는 오랜 동안 경험해 온다. 1일인가 하는데 벌써 3일 개천절, 다리 하나 건너더니 9일 한글날. 10월 상달이 이런 식으로 내게서 탈주선을 타고 도망질해 버린다. 그래도 11월엔 하늘이 마지막으로 드높을 것이고, 그래서 움쳤던 마음도 구만리장공을 날아오를 것이다. 하지만 날개가 없어 하늘에 닿지 못할 것을 나는 안다. 언덕에 올라 구부정한 등이라도 펴며 먼 데를 지향하는 배에 손 흔들어 응원을 보내리.

달력 속 12월은 한 해의 임계점, 더 나아갈 시·공간이 없는 달력이 외롭다. 1, 2, 3, 4, 5…. 날짜를 지우다 퍼뜩 넘기지 않던 달력을 떠올린다. 1950년대, 국회의원 누구의 큼직한 사진 옆으로 1월에서 12월까지 한 장에다 365일을 잔뜩 줄 세워 마루 토벽에 붙였던 달력. 한해 동안 눈 한 번 깜빡 않고 무표정했다. 한 번 풀 발라 붙이면 걷지 않고 해를 넘기던 것. 글 모르던 어머니, 눈 한 번 맞춘 적 없어도 얌전히 붙어 있어 잠시 세월을 잊었다.

존재는 어제였다. 시간은 물로 흐른다. 어차피 간 날은 달력에 없다. 달랑 한 장, 12월의 달력은 인정머리가 없다. 이 나이가 슬픈 달들, 11월이 급속 페달을 밟을 테고, 12월은 분주히 오가느라 그 동안이 삽시다. 늘 그랬듯 바쁠 것이다.

달력 속엔 눈을 끄는 진경산수화 한 폭이 없다. 허위허위 빠져나가다 뒹구는 숫자들의 망실亡失뿐. (2016)

시간

사리에 어두웠다고 해야 하나.

비탈진 높은 언덕 등성마루에 터 잡은 조금 허름한 집에 바람으로 사는 것. 거기 들락날락 하는 낌새, 그게 시간이라고 생각한 적이 있었다. 실체가 없으니 영락없이 유령이라 생각했다. 점차 확고한 관념으로 고착돼 갔다. 보이지 않고 만져지지도 않는, 기척으로 온다 간다 해도 모습을 보여주지 않는 투명하게 무화한 것, 시간.

어렸을 때는 시간에 별 실감 같은 게 없었다. 시간이 하루 이틀 나날로 바뀌면서 고작 어린 나이, 그 테두리 안에 흐름도 없이 머물렀으니까. 그러던 게 언제부턴가 강물로 소리 내며 흐르고, 먼 천둥으로 와 울더니, 언제부턴가 내 앞에 한 그루 늙은 나무로 서 있어 나를 놀라게 했다.

무형이 유형으로, 두루뭉수리 틀을 갖춘 존재로 다가오기 시작하는 것이다. 미완으로 완전체는 아니나, 그것은 대체로 한 사람의 얼굴처럼 몸뚱어리처럼 정형의 골격을 이루고 있다.

시간은 언제 봐도 괄괄해 호쾌한 성미다. 단, 저 혼자 계획을 짜고 다짜고짜 실행하는 철저한 이기주의다. 녀석은 때로 닥지닥지 심술궂은 몽니다리로 있다. 심지어 저승사자로 접신하게 하는 원흉이다.

세상에 널려 있는 초목군생을 나이 들어 늙고 죽게 한다. 얼굴에 주름으로 골짝을 파 놓고, 등을 굽게 하고, 덜미 잡아 몸의 진행을 뭉그적거리게 한다.

더하면 더했지, 사람이라고 예외가 아니다. 노쇠의 기운이 몰락으로 가게 하는 모의를 주관하는 완벽한 주모자다. 매달려도 눈 한 번 맞추지 않고 앞만 보며 사정없이 달음질치는 폭주의 도망자, 몰풍스럽기 짝이 없는 개망나니다. 시간은 본성이 그리도 경박한지라 전혀 정을 붙이지 못한다. 불가지不可知 불가해不可解한 녀석으로 낙인찍힌 지 오래다.

일각이 여삼추로 시간이 안 간다고, 지는 잎 부는 바람에 행여 그인가 하며 가슴 쓸어내리던 기녀도 있었다. 임 그려 애태우는 심사에 불을 지르는 것도 시간이다. 마음 졸이고 종종대고. 젊은 날, 시간이 가 주지 않아 겪는 감정소모로 버둥대던 일은 느지감치 그나마 감미로운 추억의 갈피 속에 포장된다.

그래도 시간은 감정의 과잉 방출 앞에 불쑥 들이대는 천칭天秤인지도 모른다. 저울질에 능숙한 것은 시간의 천성이다. 거기에 뿌리박은 척박함을 무슨 재주로 떼어 놓으랴.

그래도 떠나 있지 못하는 게 시간이 정치망定置網으로 쳐 놓은 범주다. 시간 속에 머물면 무엇이 되려니 기대 속에 기다리게끔 하는 것이다.

내 아이가 커서 잘해 내려니, 상처가 아물어 새 살이 돋아나려니, 아픈 기억도 얼마 없어 지워지려니, 애써 찾던 것도 모습을 나타내려니,

가 보고 싶던 곳에도 한 번쯤 다녀오게 되려니, 이별의 노래 끝자락으로 만남이 올지도 몰라, 풍진 세상에도 먼지를 털어 가며 꽃 한 송이 피어날 것이며, 밤이 지나면 다시 떠오르는 해의 경이로움….

시간은 간극을 좁히는 데 기여한다. 그에 관한 한 깔끔한 중매자다.

소년을 어느덧 청·장년의 자리로 불러 앉힌다. 그러고 나면 그새 발달해 온 타성에서 인생은 노년으로 금세 기울어 간다. 단풍 든 산에 모색이 겹겹이다. 시간의 흐름을 타 앉고도 몰랐을 뿐 지나고 나니 삽시다. 능청맞게도, 천지가 두 번 개벽할 때를 겁劫이란 시간으로 헤아리게 기상천외의 마술을 부린다. 그러니 나이 듦은 눈 깜빡할 사이, 짧은 시간이다. 찰나다.

시간은 흐름의 속성을 지닌 채로 간단없이 흐른다. 시종여일이다. 단 한순간도 쉼이 없는 끈질긴 여행勵行에 혀를 내두르게 된다.

시간의 흐름은 변화다. 일실로 가는 함몰이고 추락이다. 어제까지 눈앞에 있던 것의 소멸에 번쩍 정신이 들게, 시간은 무뚝뚝하게도 차가운 냉혈이다. 시간에게서 언 손을 녹여 줄 온기를 바라는 것은 무모한 일임을 잘 안다.

요즘에 시간에게 청원의 눈길을 보낼 때가 있다. 올해 중1이 될 손자 녀석 어서 나이 먹게 등을 떼밀었으면 하고. 늙는 내가, 커서 의사 되겠다는 개가 흰 가운 입은 모습이 보고 싶다. 시간의 도움을 빌리는 수밖에 없다. 나랑 뒤로 좀 밀어내었으면 좋으련만. 그렇게 장성한 아이를 품에 안아 보고 싶은 게 소망으로 간절하다.

하지만 시간이 내게만 허여하고 관대하기를 어찌 바라랴. 물처럼 감돌아 흐를 줄은 모르나 쌓인 만큼 덕이 되니, 나이 들어 사람 구실을 하게도 된다. 흐르는 시간 속에 이냥 이대로 흐르라 하는 수밖에.

소관 밖이라 공연히 해 보는 소리다. (2017.)

어머니는 문맹이었다

어머니는 낫 놓고 기역자도 몰랐다.

1950년대 여섯 살 손위 누님이 흙 묻은 손 씻어 가며 동네 야학에 다니던 시절, 어머니는 그마저 놓치고 만 어둠의 세대였다. 글을 배운 적이 없으니 글을 알 턱이 없다. 그때 말로 언문은 말할 것 없고 숫자 1, 2, 3, 4도 몰랐다.

그래도 손으로 써 본 적 없는 그 수를 눈으로 읽기는 했을 것이다. 어림짐작인지, 눈대중인지 수를 보고 재빨리 셈을 맞췄다. 한자를 알 턱이 없었지만, 아는 유일한 글자가 딱 하나 있었다. 바를 '正' 자다. 툇마루 흙벽에다 당신 손으로 그 다섯 획을 그었다. 아니다. 그림으로 그렸다. 쌀 몇 말, 몇 되 남과의 거래 관계를 표시해 놓았을, 기억의 보조장치였을 것이다.

한 번 그리면 지워지지 않고 그냥 있던 글자, 마른 나뭇가지 끝으로 긁어 놓은 비뚤비뚤한 모양이 어머니 얼굴 위로 어른거리며 포개진다.

어머니는 궁핍 속에서 나를 키웠다. 긴 겨울, 하루해가 짧으니 점심을 때운다고 삶은 고구마 두어 개로 배를 속일 때, 내겐 큰 놈을 쥐어 주면서 당신은 손가락만한 걸 입으로 가져가던 어머니.

해마다 잊지 않고 내 생일을 챙겨 주었다. 서속밥 안친 솥에다 시울 헤벌어지고 굽 얕은 양은그릇에 산도 쌀 두어 줌 넣어 익히던 반지기 생일 밥. 다른 것은 기억에 없는데 그 밥, 솥에서 들어내 김 모락모락 나던 그 밥그릇의 누런 빛깔까지 눈에 선하다.

어머니는 '제발 내 아들, 농부는 면해라.' 빌고 또 빌었다. 더는 바라지 않았다. 손에 흙 묻히지 않을 면역소 서기나 초등학교 선생이 되기를 바랐다.

사범학교 입학시험에 합격하자 동네빙네 자랑하며, 당신 얼굴에 퍼지던 함박웃음이 생각난다. 그때 돈, 입학금 삼만 환이 없어 눈앞이 캄캄했는데, 내 운명이 바뀌었을 그 돈을 어머니는 어떻게 마련했을까. 눈치 챘다. 동네 부잣집에 품을 팔기로 했던 낌새를 알 만큼 나는 머리가 커 있었다.

돈을 구한다고 발이 닳도록 나다니던 행보, 어머니의 숨 가쁜 걸음걸음이 나를 선생으로 키웠다.

약관의 일이었다. 당신 뜻대로 나는 섬마을 선생이 됐다. 더 나아갔다. 어머니 뜻에 한 켜 더 올려놓자고 버둥대며 고등학교 선생으로 변신했다. 그걸 내 딴에는 신분상승이라 여겼다.

내 앞에는 끌어 주는 품이 있었고, 뒤에서 밀어 주는 손이 있었다. 어머니였다. 어머니의 거룩한 품이고 손이었다. 어머니 품은 아늑했고, 당신의 손은 시종 강건했다.

나는 어머니 품과 손에서 한없는 감흥을 느꼈다. 시나브로 너울을 일으키며 다가온 정서의 파장이 내 안에 글로 표현하는 꿈을 움 틔웠다. 마침내 시인 작가가 됐다. 나를 선생이 되게 한 분이 어머니이고, 시인 작가가 되게 한 분도 어머니였다.

어머니는 나를 낳고 길러 주기만 한 분이 아니라, 나를 쓸모 있는 사람으로 키웠다. 또 남에게 피해는 주지 말라고, 이왕이면 내게도 남에게도 이익 되게 행하라 가르쳤다. 훈육에 엄격한 스승이었다. 성품이 대나무처럼 곧아 매사 분명하고 엄중했던 어른이었다.

그 가난에도 놓지 않던 당신의 맑은 웃음, 웃음 속에 녹아 있던 적은 말수가 나를 큰 인물은 아니나, 보통의 생활인으로 만들어 놓았다.

어머니는 문맹이었다. 글 모르는 어머니, 어머니의 문맹이 나를 키워 한 인간으로 깨어나게 했다.

글을 모르는 어머니, 하지만 어머니는 내 인생의 멘토다. 세종대왕, 이순신, 김구, 도산 안창호보다 단연코 어머니가 더 위대한 내 인생의 멘토였다.

어머니는 글자를 한 자도 몰랐다. 하지만 내게 글눈을 띄워 준 스승이었다. 내 인생의 멘토. (2017)

사진 속의 현재

지금 나는 쭉 뻗어나간 길 위에 서 있다. 과거로 회귀하는 길, 거지반 지워지며 가물거리는 길이다.

세 살 아이가 세 발 자전거를 타고 있다. 남 타는 걸 보며 눈치로 익혔나. 막 사다 준 건데 손놀림 발놀림이 타 본 아이처럼 익숙하다. 아빠가 옆에서 지켜보니 아이는 더 신바람이 났을 테다. 그때 일 년 하고 여덟 달 터울 작은아들은 제 엄마 등에 업혀 있었다. 서른에 입대한 내가 안주머니 깊숙이 넣고 다니던 사진, 얼마나 보고 싶던지, 불침번 설 때면 보안등 아래 꺼내놓고 눈시울을 붉히곤 했었지.

과거에서 퍼낸 현재, 사진을 보니 가슴 먹먹해 온다.

아기 울음소리에 귀청 떨어지겠다. 1970년, 광주 금남로 분수대 옆, 아기 업은 아내와 내가 서 있다. 군복이 헐렁한 육군 일병, 31사단 부관부 행정과 소속 일병이다. 외박 나와 면회 온 아내를 내려 보내느라 시내에 나왔다 찍었을 것이다. 그때, 아내는 아리땁고 풋풋한 스물아홉이었다. 원피스 차림이 처녀처럼 앳돼 가슴 설렌다.

높은 언덕배기에 서서 회상 공간으로 남실대며 흐르는 추억의 강물이 청청한데, 이내인가. 눈앞이 부옇다. 그새 많은 시간이 흘렀다. 사진 속의 두 아들, 큰애는 쉰을 넘어섰고 작은애는 그 문턱을 서성인다.

놀랍다. 그 어린 것들이 지금 장년의 첫 계단에 발을 놓았잖은가.

사진은 빛으로 베낀다. 흑백이든 컬러든 상관 않고 사물을 재현한다. 점과 선과 채색을 쓰는 그림을 능가하는 리얼리티, 사실 묘사의 극치다. 두껍게 쌓였던 시간의 벽을 성큼 뛰어넘는다. 와락 안으로 빨려 들어와 먼 시간과 이끼 낀 시간의 더께를 털어내며 그때의 현장으로 회귀한다. 몸 안의 세포들이 돌기처럼 일어나 반응한다. 놀라운 감정이입이다.

사진은 과거를 현재로 재생산한다. 까마득히 현실에서 사라져 간 시간이 항상 현재라는 시점에서 재생되는 것이다. 운동하는 대상의 찰나를 포착해 그대로 가둬 놓지 않는가. 일회성의 재현은 한계인 듯하지만 늘 감탄을 부른다. 그때의 웃음, 눈빛, 손짓 그리고 그 속을 흐르던 숨결과 안으로 숨던 말의 함의_{含意}.

"아빠!" 마당을 돌던 아이는 삽시에 얼굴 발개지며 숨이 찼지. '야, 이게 내 거'라고 갑작스러운 자전거의 소유에 흥분했고, 세 살 아이는 겉으로 표현되지 않는 언어를 안으로 옴쳐 안았겠지. 표정이 언어이던 아이의 인증 샷, 가슴 뭉클하다. 언제 시간이 흐른 것일까. 그 아이, 이제 쉰이라니.

"어이구, 그래, 그래 배고팠겠다. 자, 어서 먹어요, 우리 순둥이." 젖을 들이대는 젊은 어미. 그래도 아기는 울음을 멎지 않는다. 한 살배기 고 녀석 군대 간 아빠가 되우 보고 싶었나. 한참만에야 울음을 그친 아이, 눈빛이 영롱한 이슬이다. 그때, 아내에게서 아이를 빼앗아 품에 안고 볼에다 입 맞췄었지. 그 아기, 이제 마흔아홉.

구석구석 끌어내며 렌즈는 눈보다 더 잘 알아차려 챙긴다. 하지만 사진은 그 속의 현재를 복제하면서, 과거가 돼 버린 현재에 머물러 있을 뿐 이후의 시간에 대해선 등을 돌려 간여하려 않는다. 하지만 엄격하게 거머쥐고 있는 시간의 범위에서 우리는 얼마나 기뻐하고 슬퍼하며 감동하는가. 나는 아이들 어릴 적 이 두 컷의 사진을 받아 앉고 한동안 감동해 말을 잊는다.

사진이 없었다면 머릿속에서나 그려 봤을, 멀어 버린 아이들 유년의 과거가 눈앞에 펼쳐졌지 않은가. 재생된 기억 속의 선명한 영상이다.

백일 사진, 유치원 시절, 소풍, 가을운동회, 입학, 수학여행. 가족여행, 대학생, 결혼사진 그리고 가족사진…. 펼쳐지는 두 아들, 잊혔던 성장 이력의 파노라마에 숨죽여 가며 가슴 벌름거린다. 한 아이가 나고 자라 이렇게 어른이 돼 가는구나,

앨범을 덮고 마루로 나서며 무심코 벽에 걸린 가족사진에 눈이 간다. 또 그 속으로 잠긴다. 사진 앞에서 나는 몇 줄의 서사를 풀어내고 있다.

'다들 한빛, 선량한 눈매에 웃음 하나씩 물고 침묵이 말이고 닿지 않아도 체온인, 바라만보아도 따뜻한 마음들이 방죽 넘어 낭창낭창 강물로 소리 내어 흐르는데, 저 언덕 풀무더기 위로 떼 지어 날갯짓하는 열 마리 새.'

6년 전에 찍은 사진 속에서 우리 내외는 훨씬 젊어 있었고, 아들네는 그냥저냥 해 보이는데, 손자손녀들은 현저히 어린 채로 있다. 사

람도 사물도 운동한다. 사진은 시간의 질주로 현재를 착각하게 하는
가. 내게 다 한 손孫인 4촌 사이들, 그새 무럭무럭 자라 이제는 고1,
중2, 중1, 초등 5학년인 걸.

신문에 칼럼을 쓰며, 책을 내며, 필자 사진을 종종 바꾼다. 늘 그만
그만한 매무새에 웃음기 없는 표정이지만 바꿔야 한다는 생각이다.
가탈로 모양내려는 심산이 아니라 나이에 정직해지려 함이다. 당최
포토샵으로 흰머리 검게 할 의향이 아니다. 어느새 한 줄 더 그어진
연륜을 현재로 내보이는 것도 온당한 필자의 몫이라 함이다.

사진 속에 출렁이는 현재는 감동의 빌미이면서 한계다. 포착된 현
재, 이어지는 그 후를 그려 내지 못한다. 하지만 사진은 언제까지나
현재로 남는다. (2017)

손의 언어

　손은 말을 한다. 무언의 소통이다. 손엔 표정이 있다. 곰지락곰지락 혹은 치켜세우고 번쩍 들어보이다가 불끈 쥐기도 한다. 단순 표정을 넘어 표현하고 연기하는, 그것은 타고난 끼다.

　손의 말, 표정 그리고 연기는 대체로 즉흥적이나 때론 신중하고 역동적이다가 점잖다. 뇌의 지시 전에 반사적인 짓으로 나타나기 일쑤다. 사람과 사물을 향해 내밀거나 허공에 그림을 그리거나 기호를 그려 넣는 손은 실용적 재능의 보유자다. 하지만 허투루 헛손질을 삼가는 손은 정련된 덕목을 그 안에 쥐고 있다.

　내 아이들이 커 올 때, 칭찬의 말을 엄지를 세워 했던 기억이 적잖다. '참 잘했다. 그래 나는 네 노력에 칭찬을 보낸다. 매진하는 모습이 보기에 좋구나. 나는 너를 신뢰한다. 그리고 사랑한다, 아들아.'

　손뼉을 쳐 주기도 했지만 칭찬엔 '엄지 척' 이상이 없다는 믿음이 쌓이면서, 지금 쉰 줄인 개들 앞으로 가끔 그 엄지 세우기가 나온다. 나야 옛날의 구체적 장면을 회상하며 하는 것이지만, 아들들은 그냥 좋아하는 표정을 웃음으로 지어 보이는지 모르나, 참 청량한 웃음이다

　마흔 문턱에서 위 수술을 받았다. 수술을 받기 위해 신촌 세브란스 병원으로 떠나던 날, 일요일이었을까. 그때 중학생이고 초등학생이

던 두 아들이 대문 밖에 나와 나를 배웅하던 장면이 회상의 공간으로 펼쳐진다. 고샅길이 끝나는 지점에서 무심코 걸음을 멈추고 뒤를 돌아보았다. 시무룩한 두 아들의 어둔 표정. 아이들에게 두 손을 쳐들고 흔들었다. 순간, 웅크렸던 광란의 통증도 멈칫했다. '걱정 마라. 요즘 의술이 좋은 때잖아.'

대입시험을 치르는 아들을 현장에 가 격려했던 게 떠오른다. 과목이 끝날 때마다 주어지는 휴식시간. 몇 층이었나, 아들이 창가에 서서 나를 찾고 있다. 오른 손을 번쩍 들었다. 소리쳐 부르지 않았는데도 아들의 눈이 내 흔드는 손에 내려와 있다. 흔들며 이어지는 두 손의 강렬한 연기. '잘 치고 있지? 최선을 다해라.' 재수 끝에 두 아들이 대학에 들어갔다. 그게 말이고 표정이던 그때의 내 손 흔듦을 아들들 잊지 않으리라.

갑상선 수술을 위해 일본에 사는 친정어머니를 찾아 떠나던 날, 아내가 탄 오사카행 비행기가 하늘로 치솟았다. 개찰구에서 손을 흔들며 작별했지만 그것으론 채워지지 않았다. 밖으로 뛰어나온 나는 공항 철망에 기대어 두 손을 흔들었다. 비행기에서 내려다보일 리 없지만 손을 흔들며 한참 서 있었다. 무사히 수술을 마치고 돌아오기를 비는 두 손의 간곡한 소망의 언어, 흔드는 소리 없는 내 손의 말에 귀 기울이며 울컥했었다.

서울 살던 손자 지용이가 두어 해 우리와 같이 살았었다. 일곱 살 때 한자공부를 시키는데 한번은 '하늘 천, 따 지' 하며 빈 칸에다 쓰도록 100문제를 냈더니 다 맞혔다. 기적 같았다. 아이를 등에 업고 마당을 몇 차례 돌았다. 아이 뒤로 깍지 꼈던 한쪽 손을 빼놓아 엄지를 쳐든 게 화를 불렀다. 불안정한 자세로 한껏 내달리다 그만 아이 팔이 탈골된 게 아닌가. 감정을 누르지 못한 채 연기한 손의 실수가 아이를 병원 응급실에 눕게 했다. 그래도 손은 그럴 수밖에 없었다는 듯 시종 무표정으로 심드렁했다. 오랜만에 이 얘기를 하자 중2가 된 아이, 찬연히 웃었다.

손주 넷을 만날 때면 나는 껴안는다. 초등 6학년 손녀에서 고2 맏손녀까지. 손이 개네들 등을 다독거리고 있다. 잇달아 머리를 쓰다듬거나 양 볼을 어루만진다. 나를 만나면 아이들도 웃으며 달려든다. 내 손이 그리웠을까. 만날 학교와 학원 사이에서 부대끼다 간간이 대하는 할아버지가 무척 따뜻해 보이는 모양이다. 손이 이따금 덤으로 이런 호사를 누리곤 한다.

요즘 내 손은 심상한 말이나 표정 아닌 창작에 빠져들었다. 글쓰기에 필수불가결한 도구로 요긴하다. 글이야 머리와 가슴이 하는 거지만, 마지막 서술의 기능을 손이 전담한다. 자판 위의 내 손은 굼떠 떠듬거리나 집중적이고 시종여일하다.

내 손이 탁월하다고는 생각지 않는다. 대신 흠결을 메우려는 성실함으로 꼼꼼하고 섬세하고 집요하다.

작품집을 내는 작가의 작품해설을 쓸 때, 손의 노고에 고마워한다. 은연중 대상을 그리고 서예하고 공작하고 설치하는 것만 창작이 아님을 알아 간다. 호모 파베르, 노작 인간으로서 나를 꼿꼿이 세워 놓는 손의 자그마한 능력과 내 뜻에 수응하는 바지런에 경의를 표하고 싶다. 자판의 자모를 잇대어 모국어를 직조해 내는 열 손가락 내 손의 몫이 어디 만만한 건가. 기계치인데 그나마 워드를 해 주는 손에게 내가 할 수 있는 가장 함축된 예찬의 말을 들려 주고 싶다.

손이 내 문학을 이끈다. 나는 내 언어, 내 소리, 내 감정과 내 사상을 손에 맡겨 기호화한다. 이 세상에 손 같은 우애의 친구가 어디 있으랴.

나이 들어 손도 지쳤는지 예전 같지 않다. 팔딱거리던 표정이 처지고 시들해도 상관 않는다. 내 글을 언어화해 주는 손이 있어 내게 시가 있고, 수필이 있다. (2018)

시간이 지나간 자리

물리적인 시간을 떠날 수 없어 하릴없이 나이를 먹는다. 기계가 녹슬어 낡아지고 인심 흉흉해 사람 사는 곳을 흐너뜨리거나 너와 나의 관계가 소원해지는 것 또한 다르지 않다.

그렇다고 사람의 일이 혹은 사물의 현상들이 통상적인 시간의 범위에 꼼짝없이 갇혀 있는 것은 아니다. 객관적인 시간에서 일단 물러서서 시간을 의식에 주어지는 대로의 모습에서 포착할 때, 시간에 대한 다른 인식의 문이 열린다. 이런 접근이 시간 속에 의식이 존재한다는 사실의 발견에 이르게 한다는 것은 항용 유의미하다.

오랜만에 고향 마을에 갔더니, 오관을 숨죽이게 하는 급격한 변화에 경악했다. 한 채도 남김없이 허물어 버린 초가가 옛 흔적을 근본에서 지우고 시간이 지나간 자리에 의식 속 허름한 잔상으로 남았을 뿐이었다.

현대식 건물과 번쩍이는 장식, 낯선 외지인들이 내걸어 놓은, 전에 듣도 보도 못하던 카페와 게스트하우스의 생경함. 시간이 지나며 무엇 하나 중고中古로도 남겨 두지 않았다. 사라진 것은 눈으로 볼 수도, 손으로 만져지지도 않았다. 그곳엔 그때를 살던 토박이들의 한마디 말도, 가슴 설레던 그때의 눈빛도 없었다. 더욱이 이전에 농사지으며 일에 매진하던 그 순박한 이들을 만날 수 없어 가슴 쓸어내렸다. 허망했다.

직장을 옮기며 시내에 발붙인다고 번갈아 이사했던 세 집을 인근이라 차례로 기웃거렸다. 두 집은 허물어 신축했고, 하나는 보수해 칠질로 곱게 단장해 있었다. 허물었든 고쳤든 시간이 지나간 자리는 이미 옛것이 아니었다.

가만 보니 시간은 그냥 스치고 지나는 바람이 아니다. 강풍이 뒤흔들고 지난 자리와 비교 안되게 시간이 지나간 자리는 흔적 한 쪼가리 없이 지워지고, 형체 없이 무너져 내린다. 시간의 속성이 파괴적으로 무엇이든 부숴 놓는 걸 모르지 않지만 막상 지나고 난 자리에 서면 사위로부터 밀려드는 적막감에 뼈저려 온다. 내 자리가 막막하다. 나는 이 나이를 살며 시종 시간에 떼밀려 지금 어디를 서성이는가.

평생에 두 아들을 두었다. 내 발 묻고 선 시절이 궁핍했으니 무슨 궁극의 목표인 양 아이들을 어릴 때부터 배부르게 하고 싶었다. 내가 이루지 못한 꿈을 대신 이뤄 줄 것이라는 기대가 걔들을 제한적으로 구속했을 것을 나는 잘 안다. 내가 살았던 어둡고 가난하고 음울한 시대에 대해 보상 받고 싶었을까. 훈육하며 어루만지는 손에 힘이 들어갔고 숨이 거칠었다.

이제 쉰 줄에 올라선 두 아들, 아무리 가까이 다가가 보아도 내 시간이 지나간 자리가 휑하다. 언제 내가 머물렀었느냐는 듯, 그때 펴고 앉았던 시간의 자리가 뭍 앞까지 밀려왔다 썰물에 둘둘 말려나간

파도처럼 가뭇없다. 저들을 바라보며 보내는 웃음에서 엿보기나 할까, 청승맞게 텅 빈 내 마음 자락으로 고이는 이 묵중한 침묵의 의미를.

길 가다 무심코 학교 울타리에 기댄 채 한참 동안 멈춰 섰다. 길에 면한 긴 울타리가 헐린 자리에 계단이 놓였다. 넓은 운동장에 잔디를 입히고 교사는 말끔하게 보수했다. 무엇보다 고등학교가 초등학교로 바뀐 것은 지나간 자리에 남은 시간의 엄연한 자국으로 보인다. 내 젊은 2, 30대를 가뒀던 곳. 이곳서 대입국어를 강의하느라 얼마나 목이 탔나. 하지만 이 학교 어디에도 내 그림자는 찾을 수가 없다. 그때의 시간을 그리워하며 조우하려 하는데도 고개 한 번 쳐들 듯한데, 환상일 뿐 나를 데리고 오가던 시간이 지나간 자리는 어느 구석에도 남아 있지 않다.

나는 지금 시간이 지나간 자리에 일렁이는 안면의 이랑들을 큰 거울에 비쳐 보고 있다. 일하기 싫어하는 사람 이랑부터 센다는데, 나는 세고 싶어 하는 것이 아니다. 문득 내 의식 속에 존재하고 있는 시간에게 불화의 감정을 노골화하려 함이다. 시간은 왜 지나다 유독 얼굴에만 이랑으로 골골이 남는가. 골 깊고 연이어 잇달아 가며 겹겹이. 무얼 잊었다 싶어 한 치 치켜 올렸더니 눈앞으로 눈 녹아 스러져 내리는 소리 와자자한데, 머리에 이고 있는 한겨울 새하얀 상고대.

의식 한 가닥 불쑥 성깔 내더니 이내 슬며시 화해의 손을 내밀고 만다. 시간인들 이랑을 내고자 했겠으며, 상고대인들 머리에 이고자 했겠는가. 이랑도 상고대도 다 자연이 설치한 것이지 시간의 손길이 아니다. 설령 잔디 위에 앉혀 놓은 설치미술이라 한들 위로 시간이 지나지 않으랴. 그마저 시간이 지나면서 언젠가는 이랑마저 낡아 해체되고 상고대는 햇볕에 스러질 것인데….

사람들은 기록에 애착한다. 바위에라도 제 이름을 새기려 든다. 그렇듯 내게도 기록에 대한 강한 집착이 분명 있다. 내 몇 권의 작품집은 시간이 지나간 자리로 남을 것이라는 믿음 같은 것.

기록에 대한 집착이 신뢰에 닿아 글을 쓰게 하는지 모른다. 내 글이 비록 수준에 닿지 않는 태작駄作일지언정 내 이름 석 자가 적힌 책에 대한 사랑의 마음을 놓을 수 없다.

무엇을 더하려 할 것이며, 이마적에 새로운 무슨 꿈을 또 꿀 것인가. 시간이 지나는 자리에 앉아 글을 쓰며 내가 이곳에 와 하고자 한 이 일에 몰두했다는 그것, 그 하나면 되는 것이지. (2018)

한겨울에 피는

애초 들뜬 걸음, 길사에 리본 달고 온 것이었지.

한때, 난실에서 호사하다 한란에 밀려 뜰로 내려앉았다. 남루 한 가지 걸치지 않은 채 내놓였다. 내 기준이라지만 차대이고 홀대였다.

그렇게 사람이 사는 집이란 구조물 속의 온기에서 배척당했다.

하지만 거대한 자연이 그의 집이 됐다. 낮은 천장만 이고 살다 하늘을 이었다. 머리 위로 해와 달이 뜨고 구름이 흐르고 귓전으로 새소리가 떨어진다. 길 건너에서 살랑대며 오는 해연풍과 해맑은 섬 바다의 해조음 그리고 겁의 시간 속으로 반복되는 순환의 아름다운 질서, 봄 · 여름 · 가을 · 겨울 사계의 변화, 그것이 풍경으로 내려앉은 작은 뜰에 뿌리를 내렸다.

집 안에서 밖으로 나온 것은 그에게 생의 전환이었다. 화분 속의 질곡과 갈증에서 이탈해 자유의 진제眞諦에 이른 순간, 꿈같았을 해방 공간이 그의 것이 됐다. 그는 이제 영어의 몸이 아니다.

숲은 깊지 않아 열악했지만, 여름 한철 그를 싸고돌던 느개는 위안이었다. 너울을 부르며 엄습해 오던 신산한 고통에 부대껴야 했던 삶의 여로─여름의 땡볕, 무서리와 소슬바람, 한겨울의 폭풍한설. 그는 낯선 환경에 몸을 놓아 마침내 견뎌 냈다.

오늘, 대한大寒.

동창東窓을 열었더니 이 얼마 만인가. 눈, 눈이 오신다.

밖으로 나가 하늘을 우러러 눈을 맞이한다. 눈은 오래 내리지 않았고 자국눈에 그쳤다. 너붓거리며 흩날리는 함박눈, 뒤로 허공을 쌀알처럼 뒹구는 싸락눈에 이은 비에 섞인 진눈깨비로 잦아들더니, 발 시리고 손 곱다.

하늘이 닫혀 어둑한데 한순간, 구름이 갈라진 틈으로 내리쬐는 겨울 햇빛의 광휘 찬연하다. 해가 눈을 부른다. 간간이 함박눈이 내린다. 너풀너풀 이어지는 자유자재한 춤사위. 스산하게 몰아닥친 설한풍에 쓸리는 눈, 잠시잠깐이나 그가 앉아 있는 뜰은 완연한 겨울 본색이다.

사위가 한기로 가득하다. 백매도 피다 찔끔했다. 테라스 앞, 철 잊고 핀 산철쭉도 헤식어 빛깔이 바랬고 구겨져 너저분하다.

그는 강건하다,

강추위 속에 그가 꽃을 내려 한다. 언제부터였나, 모질고 독하고 강고해졌다. 넉넉한 잎 틈에 숨어 숨죽이며 이제 막 꽃대를 올리고 있다.

보세란, 시나브로 탯줄을 끊고 겨울 속으로 한 세계를 열기 시작한다.

나는 몇 년 전, 그를 경험한 적이 있었다. 오관을 발가벗기며 민감하게 오던 첫 경험은 짜릿했다. 눈 속에 너울거리는 이파리 새로 비죽이 내밀던 그의 꽃, 파르르 떨던 배냇짓의 경이. 꽃대도 꽃도 한가지로 벌겋던 동색同色, 순정해 흔치 않던 낯선 적갈색. 안쪽으로 난석 장의 꽃잎 중 설판이라 한 입술꽃잎에 바짝 다가가 연인처럼 눈을 맞췄었지.

어정쩡해 하는 내게 눈 깜빡이며 조신하게 다가오던 그. 향이 매웠다. 흥건해 질펀했다. 그 바람에 흐리멍덩하던 정신이 화들짝 깨어났다.

어떤 이는 계피향이라 하고, 어떤 이는 그저 매콤하다 했으나, 연해연신 흠흠 하던 내겐 콤팩트 화장품 냄새로 코 얼얼했다.

감았던 눈을 치뜬다. 나는 이미 가상의 세계에 닿아 있다. 확 트인 시야로 나래치는 새 떼. 역동적인 비상과 연이은 활강에 이어 다시 저녁놀 속으로 날갯짓하는 새들의 군무群舞.

그는 설 전후에 피어 영세迎歲라 했으니 영춘화迎春花다. 만개해 홀홀 향기 내뿜을 즈음이면 설이 목전이겠다. 축일祝日의 귀한 시간에 피어 어여쁘겠구나, 보세란!

몇 년 전 밖으로 내친 것은 그의 귀환을 도운 일이었다. 난실을 나오면서, 맨 땅에 내려 본연으로 돌아갔지 않은가. 자연의 일부가 된 것, 귀소歸巢다. 홀홀 사람의 훈김을 벗어던지더니 외려 강단을 얻어 꼿꼿하다.

한겨울에 핀다. 난실에서 밀려난 그가 꽃을 내놓으려 한다. 한세상을 열려 한다.

보세란 피고 난 뒤로 버들개지, 꽃도 바람꽃, 노루귀꽃 피면 기다
리던 봄이다, 겨울이 춥고 음울해도 그예 봄은 온다. 정녕 우리 앞으
로 오는 봄. (2017)

흑백

어머니는 무명천으로 내 옷을 떠 검정 물을 들였다. 펄펄 끓는 솥에 오일장에서 사온 물감을 풀어 놓는 방식이었다. 여름에 입는 윗옷은 흰 광목이있다. 일 년 내내 내 유년의 몸을 쌌던 색은 흑백이었을 뿐 다른 물색은 없었다.

삼대를 살았던 낡은 집도 온통 검정, 검정이 지배하다 남은 여백이라고는 흰색 창호지를 바른 문짝 몇 개가 있을 뿐이었다.

거기다 좁은 문 사이로 들어오던 햇빛. 들락거리는 바람도 마당에 와 울던 새소리도 흑백을 벗어나지 못했던지 어둡고 무거웠다. 어린 나를 에워쌌던 색, 흑백은 더 번지지 않는 대로 그렇게 무슨 자양처럼 나를 내성적인 아이로 키웠을 것이다.

우리 집엔 초록으로 싱그럽던 나무도 몇 그루 없었다. 비 오다 그친 하늘에 두 다리를 내려 뻗던 일곱 빛깔 무지갯빛이 현란한 색의 기억으로 남아 있을 뿐이다.

그 후, 어른이 되는 공간으로 시간은 화려한 빛깔을 머금으며 눈부시게 내렸다. 색에 의한 다양한 연출이 사람들의 시선을 자극했다. 색깔은 의식주 구석구석을 물들이며 그것이 개성 표현의 중심으로 스며들었다. 디자인에, 건축에, 빌딩에, 책의 표지에. 심지어 머리에 올린 빨강, 파랑, 초록, 노랑, 보라색은 바라보는 눈이 놀라 자지러질 만큼이나 낯설었다.

거기에 영상 매체들의 다채로운 색이 시선을 사로잡는 유행의 시대에 흑백은 현실 저쪽으로 숨어 버렸다. 색은 단조한 것을 빌어 냈고 질박한 것을 거부하면서 한 시대를 풍미했다. 화려한 색이 덮어 버린 명암은 설 자리를 잃었다.

한데 시대의 물결이 변화를 몰고 왔다. 그것은 단지 한때의 유행을 넘는 것으로, 인식 내면의 본질로의 복귀를 서두르며 잰걸음을 내딛는다.

한동안 잊었다 오히려 주목 받는 색, 흑백.

웬 유혹이고 촉발일까. 명암만으로 표현한 흑과 백이 메시지를 부각시키고 시각적으로 편안함을 준다는 것이다. 그것은 디자인·문화계에 불기 시작한 일련의 복고 열풍의 응원을 받으며 불끈 일어서는 모습이라 결코 만만치 않다.

흑백 콘텐츠에 정감과 향수를 부여한다. 그쯤에서 흑백은 스토리의 중심에 서고 있다. 대표적으로 활발한 게 웹툰(인터넷만화). 이에 질세라 영화 쪽도 적극적이다. 애초 컬러로 만든 것을 굳이 흑백 필름으로 만들어 다시 상영하기까지 한다.

한국 영화 최초로 윤동주의 생애를 담은 '동주'가 그것. 흑백만이 표현할 수 있는 사실성에 기초한 시간의 역주행이 놀랍다. 흑백영화가 갖는 노스탤지어라는 서정성이 크게 기지개를 켠 것일 테다.

'메밀꽃 필 무렵'을 컬러화하면 이상해진다. 원작의 의상이며 소도

구 특히 물레방앗간의 분위기 묘사는 흑백이라야 한다. 컬러가 설득력을 잃을 것은 빤한 일이다. 컬러가 들어가는 순간, 영화에서 소설의 자리는 빠져나갈 것이기 때문이다.

원래 흑백은 '흑백논리'라 할 만큼 색 이전의 근원에 대한 그리움을 품고 있다. 그만큼 시대를 되돌려 놓는 힘이 있다.

사진을 흑백으로 요구하는 것도 다르지 않다. 소중한 사람과 특별한 날을 기념하기 위해 선호하는 것은 당연히 흑백이지 컬러가 아닐 게 아닌가.

디지털에 묻힌 시대 속의 아날로그 감성, 그러니까 빠르고 고운 때깔만 멋있다고 여기던 취향에서 과거에 대한 그리움과 느린 정서에 대한 편안함으로의 유턴이다.

두고두고 보아도 질리지 않는 것, 사람 냄새가 나는 것, 오래돼 때묻은 것, 돌 옷처럼 시간이 더께로 앉은 것. 그런 정서가 다양한 색을 걷어내게 했을 것이다. 품위 있고 고급스러운 느낌을 주기 위해 흑백을 끌어들이는 패션의 변화 조짐은 놀랄 만하다. 흑백의 이미지만큼 선명한 것도 없다. 선명한 것은 순수다. 애써 찾을 게 아니었다. 공감의 자락은 바로 눈앞에 있다.

검정색 고급차는 너무 엄숙하다. 하지만 그래서 본질에 더 가까울 수 있을지도 모른다. 빈소에 서 있는 상복이 검정인 이유와 다르지 않다.

알록달록한 색으로 '튀는' 시대에 흑백이 눈에 쏙 들어온 것은 '진짜'를 본 것이다. 또 그것의 '본질'를 만지고 싶어진 것이다.

반세기 전, 내 이십대의 나들이옷은 밤낮 군복에 검정을 들인 것이었다. 더울 때는 걷어 올리면 반팔이 되던 그것에 터벅대던 헌 군화. 어디 그런 옷, 그런 신발이 없을까. 시내에 가 상설매장을 한 번 뒤져봐야겠다.

그렇게 입고 그 옛날의 거리를 배회하면 젊어질 것만 같아서.
(2017)

권말기

제7 수필집
「마음자리」를 내놓으며

3년 만에 수필집 「마음자리」를 내놓는다. 어느덧 일곱 번째 상재다. 감회 유별하다.

실은 2015년 6월 여섯 번째 수필집 〈모색暮色 속으로〉를 출간하고 그 이후 3년이라는 시간 속에 무력감을 느꼈음을 실토한다. 이전같이 작품집을 내려 했지만 그게 잘되지 않아 종종거렸으니 마음이 무거울 수밖에 없었다. 그 '마음 무거움'이 날이 갈수록 중압하면서 나를 거의 무력화시켰던 게 사실이다. 등단 20년인데도 첫 작품집을 내지 않은 시인 작가가 있다고 하지만 나는 생각이 다르다. 워낙 과작寡作한다면 하릴없는 일이지만 작품이 있을 때, 바로 떠오르는 것은 작품집일 테다.

더욱이 연년이 작품집을 내 오던 터라 썩 개운치 않았다 함이다. 3년 동안 써 재어 놓은 글들이 꽤 된다. 녀석들을 그냥 묵혀 두려니 과년해 시집보내지 못한 딸 가진 부모처럼 마음 졸이게 됐다는 얘기다.

이번 제주문화예술재단에 기금 신청했다 되지 않아 낙담했는데 3차로 선정됐으니, 기쁘면서도 한편 신예 작가들에게 송구하다. 혹여

노년에 과한 욕심을 넘어 노회老獪한 것은 아닌지 자신을 돌아보게
한다.

나는 교직에서 정년한 뒤 줄곧 글방 강의를 진행해 오고 있다. 제
주문인협회에서 시작한 '찾아가는 장애인 문학 강의—춘강의 '글사
모'—를 애초부터 맡아 왔고 '들메동인문학'에서 강의를 한다. 회원
들이 자신의 작품을 발표하면 평하면서 매번 내 신작을 내놓아 공유
하고 있다. 각각 한 달 두 번, 두 시간씩 재능기부를 하는 셈이다.

그러다 보니, 내가 삭품을 가지고 있어야 한다. 책에 실린 것을 읽
어 주는 방식도 있겠으나, 이왕이면 갓 꺼낸 뜨끈뜨끈 붕어빵 같은
것으로 해야 더 효과적일 것 같아 후자 쪽으로 한다. 새 옷을 싫어할
사람이 있을까. 새 작품을 내놓으면 나도 보람을 느끼고 회원들에게
도 자그마치 자극제가 될 게 틀림없다. 발표작이 충실해 완성도가 높
으면 듣는 이가 눈을 빛낸다. 공감의 순간이다. 작품은 타자를 감동
시킴으로써 제 소명을 다한다.

그러는 중, 작품이 곳간에 쌓이게 된다. 글방 수강자들 대부분이
작품집을 내는 것은 자연스러운 흐름이다. 나 또한 그와 궤를 같이하
는 것인데, 그들보다는 내가 작품 수에서 앞서 간다. 등단 사반세기,
몸에 밴 것이 글쓰기가 돼 있다. 다작하노라면 태작駄作도 나오고 듬
성듬성 수작秀作을 얻는 희열도 누리게끔 된다. 그 환희를 무엇에 견
주랴. 작가는 작품으로 말하는 존재라 이름 석 자를 달아매려 한다.
그래서 사람은 죽으면 이름을 남긴다人死遺名 한 것이 아닌가. 이름을
바위에라도 새기려 한다.

나라고 예외이겠는가. 쟁여 놓았던 것들을 이번에 「마음자리」에 담는 소회 남다른 이유다. '마음자리'는 마음의 본바탕, 곧 심지心地를 뜻한다. 한동안 책을 내지 못해 심난했으니 마음자리에 바람이 지나다 소용돌이로 한바탕 파장을 일렁여 놓았을지도 모르는 일이다. 하지만 지금 권말기를 쓰고 있는 이 순간은 마음자리가 화평하다. 불화했던 현실과 화해했으니 잔잔해진 것이다.

좀 괴팍하게 이름을 달까 하다 순우리말로 한 데는 지그마치 나를 긴장시킨 곡절이 숨어 있다. 행여 한자어에 기댔다 현학적術學的이라 말을 걸어오면 어찌할 것인가. 수필은 우리말의 파수꾼이라고 칼럼도 여러 번 써 왔으니, 누가 보면 책 내며 까다로운 한자어를 썼더라고 김 아무개라 명토 박아 말할 게 아닌가. 옷깃을 여며 가며 「마음자리」라 한 소이다.

자연, 삶, 일상, 내면, 사상事象, 회고가 내 수필의 카테고리가 돼 왔다. 식물 취향이 나무와 꽃을 많이 쓰게 했는데 이즈음에 이르러 삶에 대한 성찰, 일상에 관한 새로운 해석, 또 내면세계에로의 철학적 천착의 확산 그리고 물상에 대한 존재론적 접근과 과거에 대한 재조명이 다양한 문양을 새기면서 나름의 점과 선과 색을 거기다 올리고 있다.

　연둣빛은 가능성으로 향진하는 희망의 색이다. 나무들이 꿈을 꾸고 있는 동화 속의 언어다. 이제 봄의 남은 시간은 한 달, 5월 안에 초록으로 완성하려는 꿈, 봄을 마무리하고 여름으로 들어서려는 싱그러운 꿈이다. 꿈 뒤, 절정은 언제나 녹음이었으니까.

뜰로 내린다. 흥겹다. 양 어깨에 푸름의 가사장삼 두른 야단법석의 자리 아닌가. 차마 놓칠세라 나도 5월의 정원이 벌여 놓은 아침 속을 시 한 줄 읊조리며 소요逍遙하리라.

나무들에 눈을 주고 있으면 푸른 물을 머금어 나도 푸르다. 푸른 몸, 푸른 마음, 푸른 생각, 푸른 눈으로 들뜨기 시작한다. 주체하지 못한 채 나는 지향 없는 걸음을 떼고 있다. 뽀얀 꿈길에서 조우한다, 외로운 영혼의 숲 위로 내리는 에스프리.

문득 그 일이 궁금하다. 동창으로 눈이 간다. 오죽烏竹 화분에 비죽이 새순 둘을 밀어내고 있던 게 엊그제의 일, 그 역동적인 몸짓, 한 번 굽이쳐 날렵하게 휘매 그새 뼘 넘게 올라왔다. 놀랍다. 단비 머금어 저런가, 우후죽순이라더니 발끈 솟는 힘이 느껴진다.

때가 되니 몸이 쇠하는가. 손을 놓다가 죽순을 대하는 순간, 정신이 번쩍 든다. 저 혈기를 슬쩍 한 움큼만 훔쳤으면 좋으련만.

— 졸작 〈손을 놓다가〉 중에서

나는 수필문장이 무미건조한 것을 냉정히 배격한다. 물론 흥미진진한 체험을 소설적 구성으로 풀어낸 서사라면 수필 속에 들어와 화자와 함께 부침浮沈할 것은 말할 것이 없다. 하지만 수필이 작가의 체험에만 판 박아 버리면 그 이상 외연 확대가 불가능하다. 이건 수필의 위기다. 발군의 유머나 신선한 위트가 그런 위기를 상당히 구제해 줄 것이지만 한계가 분명할 것이다. 작가적 상상력이 발효된 수필문의 문학성을 강조하는 게 내 지론이다. 온아우미한 문체와 서정성을 기반으로 한 문학적 표현이야말로 독자에게 수사학적 쾌감을 선사할 것이다. 혹자는 이런 문체를 미사여구라 일축할지 모르지만 전혀 그렇지 않다. 삶의 진실을 퍼 올린 글을 그렇게 매도해선 안 된다.

수준이 어느 한도를 벗어나지 못했는지 모르나, 위 예문을 일독해, 수필 문장에 대해 그것이 지니는 고유한 특성을 긍정적으로 수용해 주었으면 한다. 수필을 평범한 문장으로 쓰는 비전문성의 장르라는 데 지나치게 집착할 이유가 없다. 작가의 감성을 풀어 놓을 때 독자에게 다가가는 울림이 곧 수필이 발산할 수 있는 문학적 감동임에 이견을 달 사람은 없을 것이기에 하는 소리다.

한 하늘을 이고 있으면서도 나무들은 모두 다르게 생장한다. 큰 나무는 하늘을 우러르며, 작은 나무는 땅을 딛고서 강건히. 사람도 서로를 사랑하되 조금씩 다른 품을 벌리며, 다른 표정으로….

명령 종결형어미의 문장은 경직되고 단호하다. 단절의 다른 표정일 뿐 소통할 표면적이 제한적이다. 행간의 여유가 없다.

나는 요즘 타자의 문장에 한껏 기울어 있다. 남이 쓴 글에서 한 생의 중량을 느낄 만큼 그 속으로 들어간다. 글을 읽는데 작가의 철학이 만만치 않은 삶의 무게로 와 내가 작아지는 걸 느낄 때가 적지 않다는 뜻이다. 포개지며 잔잔히 울렁여 오는 글의 행간에 순간순간 전율한다. 지금 내 글쓰기는 진화하는가. 글의 행간에서 나를 탐색하면 감동은 갑절로 온다.

행간으로는 너울 치지 않는다. 그것은 먼 바다를 돌아와 연안을 목전에 두고 숨을 고르며 오는 잔잔한 물결이다. 물결과 물결이 서로 부딪쳐 물보라로 쪼개지는 글 속 감정의 보풀과 사상의 민낯, 그게 내 안에 자잘한 파편으로 박힌다. 행간은 나를 엿보고 남을 훔치는 묘략이다. 사람의 마음도 책도 그냥 지나칠 게 아니다.

요즘 나는 사람과 책을 행간으로 만나고 읽는다. 그래서일까. 텅 비었던 속이 포만하다.

—졸작 〈행간〉 중에서

작가가 나타내고자 하는 속뜻 곧 숨은 뜻이 행간이다. 행간은 글의 특정 부분을 집중하게끔 하는 역할을 한다. 그 지점을 집중해서 글의 의도를 파악하게 하는 것이기도 해 강조 효과가 있어 글 속에 녹아 있는 숨은 뜻을 찾는 단서가 되는 것이다.

수필 문장이 간결체가 그 요체라 해서 시종 단조하게 흐르는 것은 바람직하지 않다. 직설적이면서도 때로 완곡하거나 은유적인 표현이 유효적절하게 혼효混淆했을 때 독자에게 지적 만족감을 줄 수 있기 때문이다. 독자에게 은연중 한 번 틀어서 읽거나 음미할 기회를 제공하는 것이다. 그런다고 문장이 난해하거나 지나치게 난삽難澁해서는 안되고 적정한 수준에서 독자에게 자기 나름으로 읽을 수 있도록 여백의 빌미를 주면 좋다는 의미다. 수필을 작품으로 완성하는 것은 독자라는 입장은 특히 이 경우에 유효하다.

'행간은 나를 엿보고 남을 훔치는 묘략'이라 한 것을 간과하지 말

앉으면 한다. 실제, 나는 남의 작품을 그냥 곧이곧대로 읽지 않고 행간으로 읽는다. 행간에는 사물에 대한 비유와 사상事象에 관한 본질이 숨죽이면서 눈을 반짝이고 있다. 행간은 긴장한다.

발문으로 수필의 문학성 발양을 위해 수사적 표현이 필수라는 개인적 견해를 피력하면서, 곁들여 수필을 행간으로 읽자는 입장을 내놓는다. 고집하려는 것이 아니다. 수필이 다른 장르에 비해 문학 장르로서 작품성의 결핍을 지적해 온 터라 부정적인, 그런 시선에 대응하려는 수필 애호의 전략적 측면도 있다. 그 점을 밝혀 두고 싶다.

김길웅의 제7수필집
마음자리

초판인쇄 2018년 6월 10일
초판발행 2018년 6월 22일
지은이 김길웅
펴낸이 노용제
펴낸곳 정은출판
주 소 서울특별시 중구 창경궁로 1길 29 (3F)
전 화 02-2272-9280
팩 스 02-2277-1350
이메일 rossjw@hanmail.net
ISBN 978-89-5824-368-7 (03810)

값 12,000원

* 이 책은 제주문화예술재단의 지역협력형 사업으로 지원 받아
  제작되었습니다.